熟れオトメ

草凪優

双葉文庫

目次

第一話　挟まれたいんでしょ？

1

オフィスが暗くなった。壁のスイッチを探って蛍光灯を消した鶴川達夫《つるかわたつお》は、腕の中にいる宮村麻美子《みやむらまみこ》の様子をうかがった。

うつむいているが、抵抗する素振《そぶ》りはない。鶴川はそれをＯＫのサインと受けとめ、抱擁《ほうよう》を強めた。紺色のスーツに包まれた三十八歳の体は見るからにふくよかで、男を惑わす柔らかい肉の感触がする。

いやらしい……。

抱き心地にうっとりしながら、顔と顔とを接近させていく。鼓動が最高潮に高まっていくのを感じつつ、唇を重ねる。

麻美子の唇はボディ同様グラマーで、たまらなくふっくらしていた。この唇でされるフェラチオは、さぞや気持ちがいいことだろう。舌を差しだしていくと、麻美子は遠慮がちに口を開き、舌と舌とをねっとりとからめあう淫らなキスに応えてくれた。

鶴川は五十歳になったばかりの平凡なサラリーマンだ。

中堅どころの不動産会社に勤めており、肩書きは課長。現在、埼玉にある出張所に勤務中。現地で建設を進めているタワーマンションを販売するため、日々悪戦苦闘している。

麻美子はひと月ほど前、その出張所にやってきた派遣社員だった。いまどき珍しい艶《つや》のある黒髪に、垂れ目が印象的な童顔。黙っていても愛嬌が伝わってくる、可愛らしい顔をしている。

全部で五人いる部下の中には彼女より若い女性社員もいるが、鶴川は仕事で関わっている人間を異性として意識したことがない。三十歳で結婚して以来、頑なに一穴《いっけつ》主義を貫いている。

妻が異常に嫉妬深いせいである。最近ではさすがにそれほどではないけれど、若い時分はテレビに映っている女優の容姿を褒めただけで激怒された。ただ、それも愛情の裏返しと思えば悪い気はせず、おまえは女房の尻に敷かれすぎだと同僚にたしなめられても、どこ吹く風で生きてきた。

ところが……。

今夜はどういうわけか、こういうことになってしまった。出張所をまとめる責任者の立場にありながら、照明を消したオフィスで派遣社員を抱きしめ、あまつさえ情熱的に唇をむさぼっている。

「んんっ、あああっ……」

麻美子が蕩《とろ》けきった顔で見つめてきた。黒い瞳が潤みきり、双頰《そうきょう》が生々しいピンク色に染まっている。

女の顔だ、と鶴川は一瞬、気圧《けお》された。普段の彼女からはうかがい知れない、獣のメスの素顔を露わにしている。

ならば、と鶴川は奮い立ち、麻美子の胸を鷲づかみにした。いや、彼女はスーツを着ていてもはっきりわかるほどの巨乳だから、その量感あふれる隆起を、とても片手ではつかみきれなかった。それでも負けじと服の上からぐいぐいと指を食いこませていく。

「ああっ、いやっ……いやあああっ……」

麻美子が眼尻を垂らし、グラマーな唇を震わせる。いやいやと言いつつも、感じていることを隠しきれない。双頰の紅潮はますます赤みを増していき、もっと強い刺激が欲しい、と顔に書いてあるようだ。

ここは出張所のオフィスだった。吹きさらしの空き地に仮設のプレハブを建ててあるだけだが、神聖な職場であることには変わりない。いやらしい性行為はもちろん、本来ならふしだらな想念を思い浮かべることすら御法度《ごはっと》な場所のはずなのに……。

鶴川は麻美子のスーツのボタンをはずしはじめた。鼓動の高まりは限界を超え、胸が痛くなるほどだった。紺色の上着を脱がすと、今度は白いブラウスの前を割っていく。

胸元の素肌が見えた。色が白くて、肌理《きめ》が細かい。続いて、水色のブラジャーが匂いたつような色香を振りまきながら姿を現す。

(おおおっ……)

鶴川はもう少しで声をもらしてしまうところだった。眼もくらみそうなほど深い胸の谷間に、うっすらと汗が浮かんでいる様子がいやらしすぎて、息もできない。

白いブラウスの下から現れたブラジャーのカップは、頭に被れそうなほど巨大なサイズだった。

「はっ、恥ずかしい……」

ブラウスの前を割った瞬間、麻美子は真っ赤になってうつむき、背中を丸めていやいやと身をよじった。

なんて初々《ういうい》しい……。

彼女は三十八歳、熟女と言っていい年齢なのに、態度がまるでウブな乙女のようである。

とはいえ、愛撫への反応は悪くない。

「んんっ、ああっ……」

水色のブラジャーの上から巨大なふくらみを撫《な》でまわすと、麻美子は眼をつぶって眉根を寄せた。すぐにハアハアと息をはずませはじめる。感じているのは間違いないし、拒まれてもいない。しかし、あまりの普段とのギャップに、鶴川は混乱の最中《さなか》にいる。混乱しつつ、興奮しきっている。

普段の麻美子は……。

ひと言で言えば、おとなしいタイプだった。垂れ目が印象的な童顔は可愛らしいし、むちむちしたグラマーボディの持ち主なのだが、セクシーとは程遠い。口数が少なく、しゃべり方がおっとりしているせいもあり、そもそも存在感が希薄なのだ。

さらに、若い男性社員が卑猥《ひわい》なジョークを飛ばすと、真っ赤になって下を向く。いつもリクルートスーツじみた紺色のスーツを着ていることもあり、世俗《せぞく》の垢にまみれている感じがしない。

三十八歳で独身なのだが、もしかするといまだ男と付き合ったことがないのではないか？　と下卑た疑惑を抱いたことさえある。

そんな麻美子が、今日は仕事で致命的なミスをした。明日の朝、本社の会議にもっていくための書類の数字を間違えたのだ。一、二箇所ならともかく、まったく違う物件のデータを流しこんでしまったことが発覚した。よりによって終業間際に……。

昔と違い、たとえ手当てが出ても、残業を強《し》いたりしたら大問題になる昨今だが、麻美子はみずからサービス残業を志願した。

となると、出張所の責任者である鶴川も付き合うしかなく、書類の修正作業をしている麻美子を見守ることになった。

正直、鶴川が自宅に持ち帰って作業したほうが、よほど効率がよさそうだった。

　こう言っては悪いが、麻美子は仕事ができない。それは派遣されてきてから一週間でわかったが、彼女にもプライドがあるだろうと、あえて手を貸さないスタンスでいた。

　午後八時を過ぎたころだろうか。まだ終わらないのかと苛々《いらいら》していた鶴川を尻目に、麻美子は突然泣きだした。

「すいません……わたし本当にダメな女なんです……ミスばっかりして会社をクビになったことが何回もあるし……どこに行っても迷惑ばかりかけてて……」

　どうやら修正作業もうまくいかないらしい。

「いやいや、泣くことないじゃないか」

　鶴川は困惑しきった顔で立ちあがり、嗚咽《おえつ》をもらしている麻美子に近づいていった。泣き声が大きくなっていくばかりなので、しかたなく背中をさすった。

　すると……。

　次の瞬間、麻美子が号泣しながら立ちあがり、鶴川に抱きついてきたので、びっくりしてしまった。

　鶴川は三十歳のときに結婚して以来、二十年間の長きにわたって一度も浮気をしたことがない。五十路《いそじ》を迎えて精力が減退してきた自覚もあり、これからも浮いた話とは無縁だと思っていた。

しかし……。

「わたし本当にダメな女なんです……自分でもわかってるんです……でも、ダメだダメだって上から言われると、よけいに萎縮《いしゅく》してなにもかもうまくいかなくなるから……」

麻美子は、嗚咽をもらしながら言葉を継いだ。彼女は仕事ができない。事務仕事に向いていないのは間違いないが、人間、誰にだって向き不向きがある。そんなに悲嘆することではないと思うが……。

「とにかく落ち着きなさい。僕はべつに、キミを萎縮させるようなことは言ってないだろう？　うまくいかないなら手伝ってあげるから……」

背中をさすりながらなだめても、麻美子はいっこうに体を離してくれなかった。それどころか、よけいにしがみついてくる。

「わたし、クビですか？　ようやく派遣が決まったこの会社までクビになったら、いったいどうしたら……」

「なにを言ってるんだ？　こんなことくらいでクビになるわけないだろう」

言いつつも、鶴川の意識は麻美子をなだめることから、彼女のボディへと移行していった。

とても冷静でいられないほど、むちむちしていた。男好きする体というものがあるとすれば、こういう感触に違いない……。

気がつけば、嗚咽を抑えるために背中を撫でていた右手が、下半身にすべり落ちていった。手のひらにプリッとした隆起を感じ、丸みを味わうように撫でまわしはじめた瞬間、鶴川は痛いくらいに勃起した。

麻美子の嗚咽がとまった。眉をひそめてこちらを見てきた。

まずい、と思った。

いまのは完全に、どさくさにまぎれたセクハラだ。正面からしがみつかれているから、勃起していることもバレているだろう。

「可愛がってくれるんですか？」

どうやって取り繕《つくろ》おうかパニックに陥りそうになっている鶴川に、麻美子が甘い声でささやきかけてきた。

「わたし……仕事はできないですけど……」

上目遣いで見つめてくる大きな黒眼が、みるみる淫らに潤んでいく。

「エッチはけっこう……好きなほうっていうか……」

「なっ、なにを言っているんだっ！」

鶴川は思わず声を荒《あら》らげてしまった。媚《こ》びるような麻美子の眼つきから、彼女の心情が透けて見えた。

ダメな自分を今後とも丁重《ていちょう》にフォローしてくれるなら、体を差しだしてもかまわない——早い話が、色仕掛けで上司を籠絡《ろうらく》しようとしているのである。

（冗談じゃないぞ……）

もちろん、そんな話に乗るわけにはいかなかった。これでも勤続二十八年、自慢できるほどの成果もあげていないが、不祥事は一度も起こしていない。真面目さだけは人後《じんご》に落ちず、コツコツ働いてきた矜持《きょうじ》がある。

しかし、麻美子に唇を差しだされると、矜持なんて吹っ飛んだ。

ふっくらしたグラマーな唇のうえ、小さなOの字に開かれた形状がいやらしすぎて、吸いこまれるように唇を重ねてしまった。

2

ねちゃねちゃと音をたてて舌をからめあわせることに、しばらくの間、没頭した。

鶴川は、妻とはすっかりセックスレスで、キスからも遠ざかった生活を送っていた。最後にしたのがいつのことなのか、思いだせないくらいだった。

たまらなく興奮した。

女と舌をからめあうというただそれだけのことが、こんなにも体を熱くし、鼓動を速める事実に感嘆してしまう。

相手のせいもあるのかもしれない。

麻美子は三十八歳の独身。普段は乙女のように初々しい熟女が、自分から誘ってきた。よこしまな思惑があるのかもしれないが、それはそれ。舌を吸いあうほどに麻美子の顔は淫らがましく蕩けていき、体をまさぐれば身をよじるのを抑えきれない。

そうなってしまえば、先のことなど考えられず、射精に向かって走りだしてしまうのが男という生き物だ。

鶴川は嬉しかった。

齢《よわい》五十にして、自分がまだ男でいられたことを確認できたのだから、嬉しくないわけがない。

俺だってまだまだやれるぞ……。

ほとんど舞いあがっていると言っていい状態でオフィスの照明を消し、麻美子の上着を脱がした。白いブラウスの前を割れば、眼を見張るほど大きなブラジャー。清らかな水色のカップがまぶしい。

「あっちへ行こう……」

鶴川は麻美子の手を取り、接客用のソファに移動した。安物のソファだが、大人の男女が身を寄せあって乳繰《ちちく》りあうのに、充分なスペースはある。ずいぶんとセックスから遠ざかっていたにもかかわらず、鶴川は反射的に麻美子を自分の左側に座らせた。もちろん、利き手である右手を自由に使えるようにするためだ。

「ああっ……はっ、恥ずかしいです……」

白いブラウスを脱がせると、麻美子は身をすくめて声を震わせた。本当に恥ずかしそうだが、誘ってきたのは彼女のほうである。女が羞《は》じらえば羞じらうほど男が燃えるということを知っていて演技しているのであれば、たいしたものだと言うしかない。

「暗いからなにも見えやしないよ」

鶴川は甘い声でささやき、素肌が露出している麻美子の二の腕やウエストを撫でまわした。

天井の蛍光灯は消えていても、オフィスというのはＯＡ機器があちこちで小さな光を発しているもので、眼が慣れてくればあんがい視覚は確保される。麻美子が恥ずかしそうに伏せ、長い睫《まつげ》毛をふるふると震わせている横顔も、ばっちり見えている。

（それにしてもでかいおっぱいだ……）

いよいよご対面とばかりに、背中にあるブラジャーのホックをはずした。頭に被れそうなほど巨大なカップをそっとめくれば、プリンスメロンほどもあるたわわな乳房が姿を現し、鶴川はしたたかに悩殺された。

（すげえな……）

大きいことも大きいが、色の白さにも男心をくすぐられる。俗に「色の白いは七難隠す」などと言われるが、色白の女を嫌いな男はいない。

さらに乳首だ。巨乳というのは乳暈《にゅううん》も大きいものだと思っていたが、麻美子の場合はそれほどでもなく、しかも三十八歳にして乳首の色が薄ピンク。それが早く尖《とが》りたいとばかりに疼《うず》いているのだから、口の中に唾液があふれてくるのをどうすることもできない。

ただ、女の乳房は大きければいいというものではない、というのが嘘偽りのない鶴川の考え方だった。

妻をはじめ、肉体関係をもった女たちが控えめなサイズばかりだったということもあるが、べつだんそれについて不満をもったことはない。

むしろ、男が女体に興奮するポイントは乳房ばかりではないと言いたい。おっぱい星人だのなんだの、巨乳ばかりをもてはやす世間の風潮に対しても、いかがなものかと思っていた。

しかし……。

目の前に現れた生身の巨乳の迫力に、鶴川は衝撃を受けた。常軌を逸したセックスアピール――はっきり言って、こんなにもエロい物体を見たのは初めてだと思った。

裾野にたっぷりと量感をたたえ、たわわに実った肉の房。

吸い寄せられるように手指を伸ばしていけば、搗《つ》きたての餅のような感触が迎えてくれる。つん、と押しただけで、指が簡単に乳肉に沈むこむ。

想像していたより、ずっと柔らかい。果物は熟れれば熟れるほど柔らかくなっていくが、熟女の乳房もそうなのだろうか。

「んんっ……」

柔らかな乳肉に五本の指を食いこませると、麻美子はせつなげに眉根を寄せた。やわやわと揉みしだき、さらにコチョコチョと乳首をくすぐってやれば、眼を閉じ、唇を半開きにして、息をはずませはじめる。

まったくよくわからない女だった。

おとなしそうに見えて自分から誘ってくるし、そうかと思えば恥ずかしがり屋の一面も見せつつ、体は異様に敏感……。

ギャップによって異性が魅力的に見えるというのは、男も女も変わらない。だとすれば麻美子は最強だ。ギャップのかたまりと言っていい。

そのうえ、類《たぐ》い稀《まれ》な巨乳を擁《よう》するグラマーボディの持ち主なのだから、夢中にならずにはいられない。

「むうっ！　むうっ！」

鶴川は鼻息を荒らげて巨大な乳肉を揉みしだき、左右の乳首を吸いたてた。強く指を食いこませ、こねくりまわすように愛撫しても、麻美子は嫌がらなかった。それどころか、あんあんと悶《もだ》え声をあげながら鶴川の頭を抱きしめてくる。

「むううっ……」

胸の谷間に顔を押しつけられ、鶴川は一瞬、息ができなくなった。なにしろふくらみの量感がすごいので、柔らかい乳肉に顔が埋まってしまったようである。

「挟まれたいんでしょ？」

麻美子は左右のふくらみを両手で寄せ、鶴川の顔をむぎゅっと挟んできた。一瞬、頭がぼうっとした。乳房に顔を挟まれたいなどと思ったことは一度もないが、その柔らかで温かな感触に陶然《とうぜん》としてしまう。

「オチンチンも挟まれたいんじゃないんですか？」

ウィスパーボイスでささやかれ、鶴川は息をすることもできなくなった。

ふたつの胸のふくらみで男根を挟む、いわゆるパイズリ――鶴川はそれをされたことがなかった。貧乳の女としか肉体関係を結んだことがなく、それに満足していたのだから、されたことなんてあるわけがない。

だが、豊満な乳肉で顔を挟まれたことによって、パイズリに対する欲望が芽生えた。されてみたかった。どうせ一度の人生なのに、パイズリを味わわずに死んでいくのが、途轍《とてつ》もなく無念なことに思われた。

パイズリを匂わせてきた麻美子に対し、鶴川はすぐにはそれを求めなかった。求めたい気持ちはもちろんあったが、彼女は三十八歳でこちらは五十歳、しかも上司である。いいように手玉にとられては男の沽券に関わる。まずは麻美子のほうから、あられもなく乱れていただきたい。

というか、パイズリに負けず劣らず魅力的なものが、そこにあった。手を伸ばせば届く距離に、むっちりとした太腿が……。

麻美子がいつも着ている紺色のスーツは、スカートがタイトなデザインだ。近くで見るとその迫力と量感は、巨乳にも決して負けないものがある。

おずおずと手を伸ばして、触れた。最初はスカートの上から撫でていたが、すぐにそれだけではおさまらなくなり、スカートの中に手を入れていく。ナチュラルカラーのストッキングに包まれた太腿に、そっと触れる。

「あんんっ……」

ざらついたナイロンの上から太腿を撫でてやると、麻美子は鼻にかかった甘い声をもらした。乳房よりも弾力のある腿肉をぐいぐいと揉みしだけば、もどかしげに腰をもじつかせる。

早く肝心なところを触って、と言わんばかりだ。

ならば、と鶴川はスカートのホックをはずしてファスナーを下ろし、脚から抜いた。黒いパンプスを履いていたが、そのままソファの上で両脚をM字に割りひろげていく。

「ああっ……」

麻美子はひときわ羞じらい深い声をあげ、両手で顔を隠した。三十八歳の熟女にしては、おぼこすぎる反応である。

それも見ものではあったけれど、鶴川の視線はすぐに、M字に割りひろげた股間に向かった。

ナチュラルカラーのナイロンに、水色のパンティが透けていた。股間にぴっちりと食いこんで、いやらしいほどこんもりと盛りあがった恥丘《ちきゅう》の形状を見せつけてくる。

（すごい盛りあがり方じゃないか……）

鶴川はまばたきをするのも忘れて凝視してしまった。最近週刊誌で「土手高《どてだか》の女には名器が多い」という記事を読んだばかりだったからである。ミミズ千匹とか、カズノコ天井とか、三段締めとか……。

「そんなにジロジロ見ないでください……」

両手で顔を隠した麻美子が、咎《とが》めるように言ってくる。もちろん、言葉とは裏腹に欲情しているのは間違いなかった。声が震えているのは羞じらい深いからではなく、興奮のせいだろう。

だいたい、ひろげられた両脚を決して閉じようとしない。M字開脚の中心で、鶴川の熱い視線をしっかりと受けとめている。

「見られると恥ずかしいのかい？」

ささやきながら、鶴川は麻美子の脚に手指を伸ばしていった。普通にしていても逞《たくま》しく見える太腿が、M字開脚をしているとよけいに量感に満ちて見える。まずは敏感そうな内腿を、さわさわっ、さわさわっ、とくすぐるように撫でてやる。

「あっ……んんんっ！」

それだけで、麻美子は身をよじりはじめた。フェザータッチの愛撫が股間に近づいていくほどにハアハアと息がはずみだし、両手で顔を覆っていられなくなった。せつなげに眉根を寄せたすがるような眼つきで、鶴川を見つめてきた。

鶴川は慌てなかった。

二十年間妻ひと筋の一穴主義者とはいえ、セックスが苦手だったわけじゃない。むしろ女を悦《よろこ》ばせることに、このうえない生き甲斐を感じていたのだ。

パンティストッキング姿の麻美子をM字開脚にした鶴川は、ざらついたナイロン越しに内腿を愛撫している。指先を使ったフェザータッチで撫でまわす。

「あああっ……ダッ、ダメですっ……感じちゃいますっ……」

悶える麻美子の股間、女の花を包みこんでいる薄布の奥からは、まだ触れてもいないのに、湿っぽい熱気がむんむんと放たれて、愛撫に勤《いそ》しむ鶴川の指にねっとりとからみついてくる。

（これはもう、相当濡らしているな……）

鶴川は内心でほくそ笑んだ。しかも、湿っぽい熱気は強まっていくばかりだ。濡れているということは、敏感な女の花がさらに感度を増しているということである。

パンティストッキングのセンターシームをなぞるように、すーっと割れ目の上に指を這わせると、

「はぁうぅーっ！」

麻美子は甲高《かんだか》い声を放って、弓なりに腰を反らせた。むちむちした肉づきのいいグラマーボディは、全体的に柔らかいようだ。

すーっ、すーっ、と鶴川はセンターシームをしつこくなぞった。もちろん、強く刺激するような不粋《ぶすい》なことはしなかった。触るか触らないかぎりぎりの、自分

でもスケベだなと思うような指使いである。

「あぁっ、いやっ……あああっ、いやあああっ……」

麻美子はみるみる指の刺激による快楽に溺れていき、あえぎ声がとまらなくなった。ハアハアと息もはずみだした。彼女はもう、完全に発情しきっている。

だが……。

「そろそろ直接触ってほしいかい？」

赤く染まった耳にささやきかけても、いやいやと首を振るばかりだ。

「触ってほしいんだろ、オマンコを？」

麻美子は可愛い顔を羞じらいに歪《ゆが》めきり、断固としておねだりの言葉は口にしない。体は年齢なりに熟れていても、心は乙女なのである。

もちろん、だからこそ燃える。繊細な愛撫で女体をコントロールしながらも、鶴川はズボンを突き破りそうな勢いで勃起していた。こんなに雄々《おお》しくイチモツを勃てたのは、三十代以来かもしれない。

「触ってほしくないならやめておくが……」

意地悪を口にしつつ、ストッキングの中に手指を侵入させていく。腹部の柔らかい素肌を指先で味わいながら、さらにパンティの中まで……。

指先に陰毛が触れた。ずいぶんと濃そうだった。生えている面積も広いし、毛も長い。

「あああっ……あああああっ……」

指先が女の花のすぐ近くまで接近すると、麻美子が腕をつかんで見つめてきた。いまにも泣きだしそうな、切羽《せっぱ》つまった表情がいやらしすぎる。

「触るぞ……ヌレヌレのオマンコに触っちゃうぞ」

フェイントをかけながらなかなか触らず、淫らな台詞《せりふ》で麻美子を翻弄《ほんろう》しようとする鶴川は、もはや完全に上司の立場をかなぐり捨てていた。明日になれば、この女とこの場所で一緒に仕事をしなければならないのに、そんなことはもう考えられない。

「はっ、はぁうううううーっ！」

鶴川の指先が女の花に触れると、麻美子は喉を突きだしてのけぞった。

やはりずいぶんと濡れていた。ほんの少し、指腹を花びらの縁《ふち》にかすらせたくらいで、発情の蜜がヌルヌルとすべった。

「あああっ……はぁあああっ……はぁああっ……」

麻美子は相変わらず鶴川の腕をつかみ、いまにも泣きだしそうな顔でこちらを見つめている。ヌルッ、ヌルッ、と指をすべらせるほどに、潤んだ両眼が歪んで、小鼻が赤くなっていく。

（すごい濡れ方だ……）

見つめ返している鶴川も、興奮によって自分の眼光が鋭くなっていくのを感じた。

鶴川は、慌てず焦らずを愛撫の信条にしている。それに則《のっと》り、まだ軽いタッチで花びらの縁をなぞっているだけなのに、あとからあとから新鮮な蜜があふれてくる。気がつけば、割れ目の上で指がひらひらと泳ぎそうなほどの水たまりができていた。

そうなると、軽いタッチの愛撫には、もう留まっていられない。

ヌメヌメした花びらを左右にひろげ、その中心も指腹でなぞってやる。蜜に蕩けた柔肉をすくうように指を動かす。甲高くなっていく一方の麻美子のあえぎ声に耳を傾けながら、ねちっこい刺激をしつこく続ける。

「いやらしいな……」

鶴川は麻美子の耳元でささやいた。

「キミがこんなにいやらしい女だったとは、夢にも思わなかったよ」

クールな言葉責めをしているつもりでも、声は上ずっている。存在感が希薄とさえ思っていた三十八歳の熟女が、こんなにも淫らな本性を隠していたことに興奮しきっている。

「あううううーっ！」

麻美子のあえぎ声が跳ねあがった。

鶴川の指先が、ヌプヌプと浅瀬を穿《うが》ちはじめたからである。奥まで入れることはなく、指の第一関節あたりまでを、執拗《しつよう》に出し入れする。

そうしつつ、割れ目をなぞってクリトリスにも触れてやると、

「はっ、はぁうううーっ！」

麻美子はグラマーボディをいやらしいほどよじりによじった。鶴川の腕をつかんでいるだけでは耐えられなくなったようで、両手でしがみついてきた。

(可愛い反応だ……)

そうなると、鶴川も麻美子をしっかりと抱きしめずにはいられなかった。右手の中指にはしっかりと仕事を続けさせつつ、左腕で麻美子の肩を抱いた。身を寄せあい、体を密着させていくと、どうしたって目の前で揺れはずんでいるふたつの胸のふくらみにちょっかいをかけたくなる。

「ああぁっ、いやあああーっ！　いやあああーっ！」

麻美子が急にジタバタと暴れだした。鶴川が薄ピンクの乳首を口に含み、舐め転がしはじめたからだ。吸っては舐め、舐めては吸い、時には甘嚙みまでして巨乳の先端を可愛がってやる。

もちろん、右手の中指は仕事を続けている。ヌプヌプと浅瀬を穿っては、淫らに尖りはじめたクリトリスを刺激する。高速ワイパーさながらに中指を左右に振りたてて、尖った肉芽を翻弄してやる。

「ああっ、ダメッ……ダメですううっ……」

麻美子は大胆に腰をグラインドさせている。

「そっ、そんなにしたら、ダメッ……イッ、イッちゃいますっ……」

それにはまだ早いと、鶴川はクリトリスを刺激するのをやめ、びしょ濡れの肉穴に中指をずぶずぶと埋めこんでいった。

「くぅううーっ！」

麻美子が首にくっきりと筋を立てる。

鶴川は衝撃を受けていた。

麻美子の肉穴はよく濡れていた。濡れすぎているくらいだったので、指をスムーズに出し入れさせることができた。あっという間にじゅぼじゅぼと卑猥な音がたち、手のひらに水たまりができた。

しかし、衝撃の原因はそれではなかった。

きつかった。

いままで関係をもった女たちを思い浮かべても、こんなに締まりがいい女はいなかった気がする。肉穴全体が狭いし、驚くほど食い締めてくる。まさしく、指が食いちぎられそうという感じだ。

麻美子は土手高だった。いやらしいほどこんもりと盛りあがった恥丘をしていた。そういう女には名器が多いと記事にはあったが……。

「はぁあんっ……はぁああんっ……」

きつい肉穴でもよく濡れているので、指のすべりは最高潮だ。出しては入れ、入れては出すほどに、こちらを見ている麻美子の顔は歪んでいく。苦しげに眉根を寄せているが、眼を細め、小鼻を赤く染めて、卑猥なオーラを放ちはじめる。

だが……。

次の瞬間、その表情は豹変《ひょうへん》した。ハッと眼を見開いて、息をとめた。

鶴川が指を鉤状《かぎじょう》に折り曲げたからである。

指を根元まで深く入れた状態だったから、指腹が穴の上壁にある凹《へこ》みをとらえた。凹みの中にざらつきがあるその部分は、いわゆるＧスポット――女の急所中の急所である。

鶴川が指を鉤状に折り曲げたまま、出し入れを開始すると、

「ダッ、ダメッ……ダメですっ！　イッ、イッちゃうっ……そんなことしたらイッちゃいますううーっ！」

麻美子は腰をガクガクと震わせ、髪を振り乱してよがり泣いた。

鶴川は興奮しつつも、しっかりと麻美子を観察していた。イッていただいていっこうにかまわなかったし、イカせられる手応えもあった。

鉤状に折り曲げた指の出し入れに合わせて、じゅぼじゅぼっ、じゅぼじゅぼっ、と音がたっていた。それほどまでに蜜を漏らしているということだが、麻美子はまだパンティもストッキングも着けたままなのである。

下着を脱がす前に指先だけで女をイカせる――鶴川は悦《い》に入っていた。俺もまだまだ捨てたもんじゃないなと、口許に笑みさえこぼれてしまう。

「ああっ、イクッ……イッ、イッちゃううううーっ！」

ビクンッ、ビクンッ、とグラマーボディを跳ねさせて、麻美子はオルガスムス

に駆けあがっていった。下着を着けた状態なので眼で見ることはできなかったが、軽く潮まで吹いているようだった。そうでなければ、こんなにも右手がびしょびしょになるはずがない。

「あああっ、ダメッ……そんなにしたらまたイッちゃうっ……続けてイッちゃいますぅうーっ！」

鶴川が指の抜き差しをやめないので、麻美子は半狂乱で二度目の絶頂を迎えようとしていた。

しかし……。

鶴川は唐突に愛撫をやめ、麻美子の口を塞《ふさ》がなければならなかった。

ふたりがいるオフィスはだだっ広い空き地に建っている仮設のもので、夜になれば人が寄りつくようなところではない。

にもかかわらず、窓の外を人影が通ったのだ。程なくして、鍵を開ける気配まで伝わってきた。誰かが中に入ってくる……。

3

オフィスのドアが開き、蛍光灯がついた。

「まったくまいったな……ひっく！　なにやってんだよ、俺……間抜けにも限度があるよな……ひっく！」

しゃっくりをしながら入ってきたのは、部下の桑田和典《くわたかずのり》だった。年は三十、仕事はできるが無類の酒好きで、今夜もずいぶんと酔っているようだった。しゃっくりだけではなく、足元も覚束《おぼつか》ない。

応接スペースで前戯をしていた鶴川と麻美子は、桑田が入ってくる寸前、身を隠していた。出張所には、建設中のマンションのモデルルームが併設されていた。脱がした麻美子の服を抱えて、そこの洗面所に逃げこんだのだ。

間一髪だった。鶴川の指責めでイッたばかりの麻美子は半ば放心状態だったから、桑田が千鳥足でなければ間に合わなかったかもしれない。

まったく肝が冷えた。

無類の酒好きでも、桑田は基本的に根が真面目なモラリストだ。芸能人の不倫スキャンダルに眉をひそめ、悪態をついているのを何度も見たことがある。出張所の責任者である鶴川が派遣社員に手を出したとなれば、厳重処分を本社に求めるに違いない。

とはいえ、危機は回避できた。

桑田は自分のデスクでパソコンを起ちあげている。こんな夜遅くにオフィスに戻ってきたということは、明日の本社会議に必要な資料データを忘れたのだろう。明日は本社に直行だから、泥酔しつつも戻ってこなければならなかったのだ。

そうであるなら、作業はものの五分で終わるはずだが……。

（まったく、なにやってんだ。いつになったら帰るんだよ……）

酔っているせいで、桑田はパソコンをうまく操作できないようだった。ぶるぶる震えている右手の人差し指一本で、キーボードを押している。桑田がここに来てからすでに十分以上が経過しているのに、作業が終わる気配はない。

苛々している鶴川の背中に、麻美子がそっと身を寄せてきた。

指責め絶頂の余韻に浸《ひた》りながら男にバックハグしてくるなんて、可愛いところがあるものだ。さっさと続きがしたいが、桑田が帰ってくれないことにはどうにもならない。

（……えっ？）

後ろからしがみついていた麻美子が、不意に前にまわってきた。そして、鶴川の足元にしゃがみこむ。

麻美子はトップレスで、パンティとストッキングだけの格好だった。暗がりの中、たわわに実った白い肉房も露わにしていたが、こちらはまだスーツ姿だ。

戸惑う鶴川をよそに、ベルトをはずし、ファスナーをおろしてくる。

（なっ、なにをっ……）

ズボンとブリーフを太腿までさげられると、勃起した男根が天狗《てんぐ》の鼻のように麻美子のほうを向いた。

麻美子はすかさず、ドクドクと熱い脈動を刻んでいる肉の棒に細指をからませ、しごきはじめた。軽くだったが、それでも鶴川の腰はきつく反り返った。すりっ、すりっ、と手筒がストロークを刻む。もどかしいほど軽い力加減なのに、いや、だからこそなのかもしれないが、先端から大量に我慢汁が噴きこぼれ、包皮に流れこんでにちゃにちゃと卑猥な音をたてる。

（むむむっ……）

鶴川は唸りながらオフィスの様子をうかがった。桑田はまだ、指一本でパソコンと格闘中だ。

（ダッ、ダメだ……なにを考えてるんだ……）

鶴川の額には脂汗が噴きだしてきた。手筒のストロークはいよいよ熱を帯びてきている。麻美子にやめる気配はない。

部下に醜態《しゅうたい》をさらすかもしれない危機的状況の中、勃起しているだけでも人間失格なのに、しごかれている場合ではないだろう。

しかし、鶴川は麻美子の愛撫から逃れられなかった。

気持ちがよかったからだ。熟した色香を漂わせながら普段はおとなしい熟れオトメのくせに、しごき方がやたらとうまい。指先にエロスの化身《けしん》でも宿っているかのような、いやらしすぎる愛撫である。

さらに……。

鶴川が抵抗できないことを見透かしたのか、麻美子はひときわ大胆な攻撃を仕掛けてきた。

（ぬおおおおおーっ！）

フェラである。

ここは深夜の仕事場で、すぐ側には他の社員もいるというのに、麻美子はグラマーな唇を大きく開き、亀頭をぱっくりと頬張った。

カリのくびれに生温かい口内粘膜を感じた瞬間、鶴川は思いきり腰を反らせ、首に何本も筋を浮かべた。

しごく手つきもいやらしい麻美子のフェラは、眼もくらむほど気持ちよかった。まず、男根にぴったりと口内粘膜を密着させない。ほんの少し隙間をつくり、そこを大量の唾液で満たす。口からあふれそうな唾液ごと、じゅるるっ、じゅるるっ、と音をたてて吸いたててくる。

双頬をべっこりへこませたバキュームフェラも悪くはないだろう。だが、麻美子のソフトフェラはめくるめく快感が次々に男根に襲いかかってくる。快感を与えながら快感への欲望をかきたてる、高等テクニックだと言っていい。

（ちきしょう、たまらないじゃないかよ……）

気がつけば、鶴川は両脚をガクガクと震わせていた。あっという間に辛抱《しんぼう》たまらなくなり、麻美子が欲しくてしようがなくなった。

貫きたかった。

いま舐められている肉の棒で麻美子を深々と貫いて、興奮のままに腰を振りたて、今度はこちらが彼女を翻弄してやりたい。

しかし、オフィスにいる桑田は、いまだ帰らない。それどころか、こっくり、こっくり、と体が揺れている。まさか、眠ってしまったのでは……。

状況はシリアスになっていくばかりなのに、共犯者とは危機感を共有できていなかった。

麻美子は唾液まみれの唇から男根を引き抜くと、上目遣いでニコッと笑った。

鶴川の息はとまった。五十路を迎え、精力減退を自覚している鶴川でも、かつてはAVをよく観ていた。好きだったのは、セックスの最中に笑わない女優だった。とくに、フェラの途中に照れ笑いを浮かべられると、しらけてしまってどうにもならない。

だが……。

いまの麻美子の笑顔には、凡百《ぼんぴやく》のAV女優を軽々としのぐ、水もしたたるような色香があった。笑顔の向こうに見え隠れしている、あふれるエロスに眼がくらんだ。これぞ熟女の真骨頂か、男心をどこまでも奮い立たせてくる。

麻美子は生身で迫《せ》りだしている双乳の両サイドを押さえ、膝立ちになって身を寄せてくると……男根を胸の谷間に挟んだ。

類い稀な巨乳によるパイズリが、ついに始まる……。

麻美子の巨乳は服の上からでもはっきりそうだとわかるほどで、生身とご対面を果たした瞬間、鶴川は正気を失いそうなほど興奮した。

そのふたつのふくらみがいま、自分の男根を挟んでいる。薄闇の中でも乳房の肌は白く輝き、感触は搗きたての餅のように柔らかい。麻美子がふくらみを中心に寄せると、挟まれている肉棒が乳肉にすっかり包みこまれ、亀頭だけが顔を出した状態になった。

いやらしすぎる光景である。

五十年間生きてきたのに、ただの一度もパイズリを経験したことがない鶴川は、小刻みに震えることしかできなかった。興奮もしているが、同時に、なんだかいけないことをしているような気分にもなってくる。要するに緊張している。

そんな鶴川を挑発するように、麻美子はチラチラと上目遣いを向けながら、半分ほど口を開いた。ふっくらした下唇の中心から、ツツーッと唾液を垂らして亀頭にかけた。

（おおうっ！）

鶴川はもう少しで声をあげてしまうところだった。もちろん、すぐ側に部下がいる状況で、声などあげるわけにはいかない。

ツツーッ、ツツーッ、と唾液は糸を引きながら、次々と垂らされた。フェラされているときも思ったことだが、麻美子は唾液の分泌量が多いようだ。あるいは異常に興奮しているから、口の中に唾液があふれているのか……。

麻美子が動きだした。身震いすることしかできない鶴川を上目遣いで見上げながら、上体を揺すりはじめる。巨乳の谷間に挟み、たっぷりと唾液をまとわせた男根を、ヌルッ、ヌルッ、とこすってくる。

(こっ、これがパイズリか……)

鶴川はしばし、呼吸も忘れてその刺激に意識を集中した。フェラとも手コキとも、ピストン運動とも違う、どこかもどかしい刺激だった。

とはいえ、見た目のいやらしさが、それらにはない興奮をもたらす。足元にひざまずいた女が双乳で男根を挟み、体を揺すって愛撫してくる――それだけでも奉仕されているという満足感が高いし、なにしろ類い稀な巨乳なのでヴィジュアルに悩殺されずにはいられない。

さらに麻美子は、パイズリで男根をこすりながら舌を伸ばし、チロチロ、チロチロ、と亀頭を舐めはじめた。

しゃぶられるのとはまた違う、くすぐったいような刺激と、パイズリのもどかしさが相俟《あいま》って、経験したことがない愉悦の境地へといざなわれていく。

(もっ、もうダメだ……)

鶴川は、いよいよもって我慢の限界を迎えてしまった。射精が我慢できなくなったわけではない。そうではなく、麻美子が欲しくてたまらなくなった。フェラやパイズリだけではなく、久しぶりに女体を貫き、熱いひとときを分かちあいたくてしようがない。

しかし、オフィスにはまだ、部下の桑田がいる。こっくり、こっくり、といまだに船を漕いでいる。酔っ払って居眠りをしているのだ。彼が帰らないことには大胆なことはなにもできない。

（だからといって、こっちだっていつまでも待ってられん……）

鶴川は巨乳の谷間から男根を抜くと、服を脱ぎはじめた。靴下以外は全部脱いで、麻美子の下半身からもストッキングとパンティを奪う。彼女もこれで、一糸《いっし》まとわぬ姿である。薄闇の中で、濃いめの陰毛が黒光りしている。

麻美子を抱きしめ、唇を重ねた。

抱擁もキスも、服を着てするのと裸になってするのは、まったく違う。素肌と素肌が触れあっているし、鶴川は胸に麻美子の巨乳を感じている。麻美子にしても、お腹のあたりに感じているはずだ。鶴川のイチモツが痛いくらいに勃起して、熱い脈動を刻んでいることを……。

そうなれば、口づけは自然と熱を帯び、お互いの舌をむさぼるようなものになっていく。

とはいえ……。

裸にはなったものの、ここはモデルルームの洗面所。八〇平米弱の2LDKで、寝室まで行けば、ムーディな照明も広々としたベッドもある。

だが、本来あるべき壁がなく、寝室に行くためにはオフィスから丸見えになっているダイニングを通らなければならない。オフィスには部下の桑田がいる。

となると、桑田が眼を覚まして帰路に就くまで、洗面所で行為に及んでいるのが、いちばんの安全策ということになるだろう。

(たまらないな……)

唾液が糸を引くような濃厚なキスを続けながら、鶴川は麻美子の巨乳を揉みしだいた。パイズリもよかったが、乳肉が手のひらに吸いついてくるような揉み心地もたまらない。

麻美子を貫きたくて服を脱ぎ捨てたものの、ひとつになるのは桑田が姿を消してから寝室で、ということにした。

お互い性器をさらしあった状態であれば、結合以外にも楽しみ方はいろいろあるものだ。

鶴川はキスを中断して麻美子の耳に唇を寄せると、

「上になってくれないか」

声をひそめてささやいた。

麻美子は眼を見張りつつ、鶴川に両手を向けてきた。立っている指は六本、それがすぐに九本になる。

6と9でシックスナイン、ご名答だ。

急にもじもじしはじめた麻美子を横眼で見ながら、鶴川は床に横たわった。女性上位のシックスナインをしたいので、あお向けだ。絨毯《じゅうたん》敷きなのだが、思いのほか寝心地がよく、内心でニヤニヤしながら麻美子を手招きする。

三十八歳の熟れオトメは、しきりにもじもじしながら、尻をこちらに向けて上に乗ってきた。

巨乳の彼女は、ヒップもまたボリューミーだ。いつもタイトスカートをパツンパツンにしている尻の双丘に、鶴川は両手をあてがい、ぐいっと桃割れをひろげていく。

洗面所の照明は消されているので、薄暗闇の中だった。女の花をまじまじと凝視できないのは残念だが、かわりに濃厚な匂いが漂ってきた。女が発情したときに漂わせる、いやらしすぎる芳香である。

鶴川はくんくんと鼻を鳴らして匂いを嗅ぎながら、桃割れに顔を密着させた。舌を伸ばせば、くにゃくにゃした花びらが迎えてくれる。さらにその奥には、貝肉質の肉ひだ――先ほど一度イッたせいか、熱気が舌に伝わってくる。

「んんっ！」

花びらをしゃぶりはじめると、麻美子は悶え声をもらした。もちろん、声を出していい状況ではないので、すかさず男根を咥《くわ》えてくる。それでいい。しゃぶっていれば声をこらえられるということを見越した上での、シックスナインなのである。

麻美子の花びらの合わせ目をねちっこく舐めてやると、四つん這いになっているグラマーボディをよじりはじめた。豊満な尻を両手でしっかりつかんでいなければ、鶴川の上から転げ落ちてしまいそうな勢いで身をよじり、肉の悦びに溺れていく。

女性上位のシックスナインは長く続いた。

快楽の波がお互いを行き来しているので、鶴川が射精に追いつめられることもなければ、麻美子が絶頂に達することもなく、心地よい熱狂に浸っていられた。

鶴川の顔は麻美子の漏らした発情の蜜で濡れまみれていたが、まだまだいくらでもできそうだった。麻美子もそうだったはずだ。ひと月前に出張所に派遣されてきた、プライヴェートな関わりなどいっさいない女でも、性器を舐めあっていればそれくらいのことはわかる。

だから、シックスナインが唐突に中断されたのは、自分たちの意志ではなかった。オフィスで物音がしたからだ。

（やれやれ、桑田のやつようやく帰るか……）

鶴川は安堵するとともに、胸底《むなそこ》で快哉《かいさい》をあげたくなった。グッドタイミングだった。暖機《だんき》運転はもう充分だ。ここで麻美子とひとつになれば、お互い頭が真っ白になるまで腰を振りあえるに違いない。

鶴川は麻美子の体の下から抜けだすと、彼女の手を取って壁の後ろに身を隠した。そこならば、間違ってもオフィスからは見えない。身を寄せあい、お互いに欲情しきった眼で見つめあいながら、桑田の気配が消えるのを待った。

悪くない時間だった。待つことの悦び、というやつである。桑田が帰ったあとのことを考えると、心臓の高鳴りがとまらない。麻美子が欲しくて欲しくてしょうがない。

しかし……。

桑田はオフィスから出ていかなかった。気配が消えるどころか、こちらに近づいてくる。ぶつぶつとひとり言を言いながら……。

「ダメだこりゃ、ちょっと寝て酔いを覚まそう」

寝室に入っていった。ベッドに横になり、仮眠をとるつもりらしい。

職場のモデルルームで仮眠をとるとは言語道断な振る舞いだが、もちろん鶴川に断罪する資格はなかった。こちらは派遣社員と全裸で身を寄せあっているのである。男の器官を隆々《りゅうりゅう》と反り返して……。

それはともかく、自分たちが使うつもりのベッドを占領されてしまった。かといって、高まる興奮は、もはや制御できないところまで到達している。

根が真面目な桑田は、泥酔しているくせにしっかりと寝室のドアを閉めていたが、かといってここで始めるのはリスキーだ。問題はあえぎ声である。麻美子は見るからに声が大きそうだし、最後までこらえきれるとは到底思えない。

鶴川は麻美子の手を取り、洗面所の奥にあるバスルームに入って照明をつけた。ここなら多少は声を出しても大丈夫だろう。

「わたし、もう我慢できません……」

黒い瞳をうるうるさせて抱きついてきた麻美子の頭を、やさしく撫でてやる。我慢できないのはこちらも同じだった。麻美子の体を反転させ、バスタブの縁《ふち》に両手をつかせる。

（立ちバックなんて……ずいぶん久しぶりだ……）

鶴川は懐かしい体位に胸を熱くした。かつては好んでやっていた体位だが、立ちバックには旺盛な勃起力が必要である。

加齢とともにそれに自信がなくなってくると、自然としなくなった。

しかし、今日ならばいける気がする。臍《へそ》を叩く勢いで反り返っているわけではないが、硬くなっている自覚がある。芯からエネルギーがみなぎって、女を求めている。

4

鶴川は勃起しきった男根を握りしめ、突きだされた麻美子の尻に腰を寄せた。

麻美子も立ちバックが嫌いではないらしく、体勢が堂に入《い》っている。

肩幅よりやや狭く開いた足の位置、軽く曲げた膝、反り気味の腰、そして早くちょうだいと言わんばかりに突きだされた尻……完璧である。いやらしすぎて身震いが起きる。

「むううっ……」

鶴川は男根を支え持ちながら、桃割れの奥に亀頭を侵入させていった。よく濡れた花園をヌルッと縦になぞれば、穴の位置が特定できる。

「んんんーっ！」

ずぶりっ、と亀頭を埋めこむと、麻美子が鼻奥から悶え声をあげた。あわてて片手で口を押さえる。声をあげてはいけないという状況は、理解してくれているらしい。

できることなら……。

熟れオトメの全力のあえぎ声を聞きたかったが、贅沢は言うまい。

鶴川はくっきりとくびれた腰を両手でつかみ、挿入を再開した。麻美子の肉穴はひどく狭いが、よく濡れている。つまり、結合感は最高だ。いきなり最奥《さいおう》まで貫いてしまうのがもったいなく、小刻みに腰を動かしながら、じわり、じわり、と結合を深めていく。

「くっ……んくっ……」

まだ半分ほどしか入れていないのに、麻美子の豊満な尻はぶるぶると震えだし、歓喜を伝えてきた。その振動が肉穴に埋まっている男根に生々しく伝わってきて、眼もくらむほど気持ちいい。

「おおうっ……」

すべてを埋めこむと、鶴川は太い息を吐きだした。麻美子に大きな声を出させないため、なるべく穏やかに最後まで埋めきった。

「ううう……」

麻美子がグラマーボディをひねって振り返る。眉根を寄せ、唇を半開きにしたいやらしい表情で見つめてくる。

鶴川は麻美子にキスをした。彼女の口内は唾液がおびただしく分泌していた。ピストン運動を開始したら、大量の涎《よだれ》を垂らすのではないだろうか？

まったくいやらしい……。

鶴川は麻美子の甘い唾液を吸りながら、熱っぽいキスを続けた。そうしつつ、両手を胸に伸ばしていく。巨大なふたつのふくらみをやわやわと揉みしだき、乳首をつまみあげる。

「くうっ！」

麻美子がもじもじと腰を動かす。鶴川はまだ、抜き差しを開始していない。結合、即ピストン運動は、欲望を制御できない若者のすることである。

五十歳にもなれば、知っている。挿入してもなかなか動きださないほうが、肉と肉が馴染んで結合感がよくなることを……。

「んんっ……んんっ……」

三十八歳の熟れオトメは、キスをしながら恨みがましく見つめてくる。物欲しげに尻を振りたてては、ただ貫いているだけの男根を、ヌメッた肉ひだで刺激してくる。

そろそろ頃合いとばかりに、鶴川は腰を動かしはじめた。と言っても、いきなり連打を送りこんだりはしない。

まずはグラインドだ。男根を深々と埋めこんだまま、ぐりんっ、ぐりんっ、と腰をまわす。

「くぅうっ！」

それだけで麻美子はキスを続けていられなくなり、振り返ってもいられなくなった。前を向いて両手でバスタブの縁をつかみ、鶴川の腰使いを受けとめた。

じっくりと腰をグラインドさせ、硬く勃起した男根で肉穴の中を充分に掻き混ぜてからやっと、鶴川はピストン運動を開始した。

突きだされている尻から、ゆっくりと男根を抜いて、ゆっくりと入り直していく。

にわかに額から汗が噴きだしてくるほど、すごい締まりだった。

指を入れた段階でわかっていたことだが、肉穴が狭いだけではなく、肉ひだの数が多く、びっしり詰まっている感じがする。

ゆっくりと抜いて、今度は勢いよく入っていく。ずんっ、といちばん奥を突きあげて、再びゆっくりと抜いていく。興奮で傘を開ききっているカリで、びっしりの肉ひだを逆撫でにするイメージだ。

「ああっ……ああっ……」

ずんっ、ずんっ、と突きあげるたびに、麻美子は声をもらした。完全なるあえぎ声だったが、ボリュームは絞られている。バスルームのドアは閉めているし、桑田が寝ている寝室のドアも閉まっているから、多少あえいでも大丈夫だろうと判断した。

いや、実際のところ、鶴川の判断力など風前の灯火《ともしび》だった。部下の桑田に見つかるかもしれないという危機的状況なんて、麻美子とまぐわっている愉悦の前では、夏の日の線香花火のようにはかない。

（たまらん……たまらんぞ……）

鶴川は興奮しきっていた。腰の動きにいよいよ熱がこもり、怒濤《どとう》の連打を送りこんでいく。激しく出し入れすると、肉穴の吸いつきもよくなって快感も倍増した。控えめにしなければと頭ではわかっているのに、パンパンッ、パンパンッ、と麻美子の尻を打ち鳴らしてしまう。

「あああっ……はぁあああっ……はぁあああーっ！」

麻美子もたまらないようだった。それでも、声を出してはならないという意識はまだあるようで、絞りだすようなあえぎ声がエロすぎる。

「むううっ！　むううっ！」

鶴川の鼻息が荒くなった。麻美子の腰ではなく、尻の双丘を両手で鷲づかみにし、のけぞるようにして一打一打を打ちこんでいく。盛りのついたオス犬のように、夢中になって愉悦をむさぼる。

休みもせず激しく腰を動かしているのに、スタミナ切れにならないのが不思議だった。麻美子とひとつになっていると、突けば突くほどエネルギーがわいてくるようだ。

「あううう｜っ！　はぁううう｜っ！」

渾身《こんしん》のストロークを連打され、麻美子は激しく身をよじった。グラマーなボディをぶるぶる震わせているだけでもいやらしいのに、爪先立ちになって膝を曲げ、両脚がガニ股に歪んでいく。

鶴川は啞然とした。

ここまでドスケベな女は、ＡＶ女優でも見たことがない。なぜ立ちバックでガニ股になっているかと言えば、一ミリでも深くピストン運動を受けとめるためなのである。レストランで皿まで舐めるような浅ましさを発揮して、肉の悦びをむさぼり抜いていく。

だが、そのドスケベさが鶴川にエネルギーを与えてくれた。五十路を迎え、ひっそりと眠りにつこうとしていた男の本能を蘇らせてくれた。

「あぁっ、すごいっ……すごいです、課長っ……」

麻美子が振り返ってこちらを見た。きゅうっと眉根を寄せ、ぎりぎりまで眼を細め、鼻の下を思いきり伸ばしている。あまりに赤裸々なよがり顔に、鶴川は悩殺された。この女ともっと深くひとつになりたいという衝動を、こらえきれなくなってしまった。

「……あふっ」

男根を引き抜くと、麻美子は泣きそうな顔になった。だが、悲しむ必要はない。もっと深く結合し、体を密着させることができるよう、体位を変えるだけだ。

バスルームの床は硬質な樹脂素材なので、当たり前だがセックスには適していない。

しかし鶴川は、それでもどうしても正常位がやりたくて、床に液体ボディソープをぶちまけた。ヌルヌルさせることで、少しでも床の硬さを緩和しようとしたのである。

「ああんっ、なんかエッチな感触……」

あお向けになった麻美子は、鼻の下を伸ばすほどの愉悦に溺れていたので、床の硬さなど気にもとめていない様子だった。

鶴川はその両脚の間に腰をすべりこませると、あらためて男根で貫いた。立ちバックも悪くなかったが、やはり女の両脚をM字にひろげての正常位は、興奮もひとしおだ。

男根を根元まで埋めこむと、上体を被せて麻美子を抱きしめた。そしてすかさずピストン運動を送りこんでいく。パンパンッ、パンパンッ、と音をさせ、肉弾戦の再開だ。

「ああっ、いいっ！」

麻美子が眉根を寄せて見つめてくる。

「あたるっ！　いいところにあたってるぅーっ！」

下になっているにもかかわらず、ぐいぐい腰を使ってくる。負けじと鶴川も腰を振りたてる。抱きしめあっているせいもあり、一体感は立ちバックの比ではない。

床のヌルヌルも悪くなかった。いかにもいやらしいことをしているという実感を与えてくれる。しばらく膝が痛いだろうが、いまはもう、余計なことなど考えられない。

「むうっ！　むううっ！」

「ああっ！　はぁあっ！」

お互いがお互いに吸い寄せられるように、キスをした。舌と舌をからめあう淫らなキスだ。

ピストン運動のピッチに合わせ、舌まで激しく動いてしまう。麻美子の口のまわりが、あっという間に唾液にまみれた。鶴川の顔もまた、そうだろう。

「すっ、すごいっ……イッ、イッちゃいますっ……もうイッちゃいますっ……イッちゃいそうですうう―っ！」

切迫した顔で言われても、鶴川はピッチを落とさなかった。思う存分イケばいいとばかりに、激しく腰を動かしつづけ、さらに胸をまさぐって、巨乳のてっぺんをひねりあげた。

「はっ、はぁあうう―っ！　イクイクイクッ……麻美子、イキますうう―っ！　イッ、イクウウウウ―ッ！」

グラマーなボディをしたたかにのけぞらせた次の瞬間、ビクンッ、ビクンッ、と腰を跳ねあげ、麻美子は絶頂に駆けあがっていった。

鶴川にはまだ余裕があった。そして麻美子の体は、連続絶頂を謳歌《おうか》できるほど熟れている。

（まだまだぁ……）

鶴川はフルピッチで渾身のストロークを放った。オルガスムスでぶるぶると震えている麻美子の体を強く抱きしめ、突いて突いて突きまくった。

「ああっ、ダメッ……ダメですっ……そんなにしたらまたイクッ……またイッちゃいますうう―っ！」

イクほどに、次のオルガスムスが迫るほどに、締まりのいい麻美子の肉穴は男根を奥へ奥へと引きずりこもうとした。

鶴川は夢中で腰を使った。頭の中を真っ白にして、少なくとも五回か六回は麻美子を絶頂に追いこんだ。

すべてが終わると、放心状態でバスルームの天井を見上げた。麻美子も隣で放心状態だ。荒ぶる呼吸が、どちらもまるで整わない。会心の射精の余韻だけが、鶴川の全身を満たしていた。

「なっ、なにをやってるんですかっ！　課長……」

気がつけば、部下の桑田がバスルームのドアを開けてこちらを見ていた。

仕事、家庭、社会的信用――どうやらすべてを失うことになりそうだが、このときはまだ、後悔なんて一ミリもしていなかった。

第二話　出してもいいよ

1

誰にだってひとりやふたり、心のアイドルがいるものだ。

芸能人でも、マドンナ教師でも、街いちばんの美少女でもいい。決して付き合えるわけがない高嶺《たかね》の花だ。それでも、遠くから眺めているだけで満たされる存在が……。

沢村章造《さわむらしょうぞう》の心のアイドルは、近所の立ち食い蕎麦屋にいる。

高嶺の花と呼ぶにはちょっと苦しいアラフォーのおばさんだが、眼がぱっちりと大きくて、若いころはさぞやモテたことだろうと思わせる可愛らしい顔立ちをしている。運動部のマネージャーにいそうなタイプというか、健気《けなげ》な雰囲気がたまらない。さらに、白い調理服を着ていてもはっきりわかるほどの巨乳……。

章造は毎日のように、その立ち食い蕎麦屋に通っていた。名前も知らないし、まともな会話を交わすこともないが、「いらっしゃいませ」「ありがとうございました」と笑顔で言われるだけで癒やされる。

女は熟女に限る、と思う。昔から思っていたわけではない。章造は二十二歳のバーテンダーで、十人も入ればいっぱいになる小さなバーをひとりで切り盛りしている。

誰かにこき使われるよりは気楽だろうと、親に借金をして始めた店だが、気楽どころか気苦労ばかりの毎日だ。

店は歓楽街と駅の中間にあり、朝の五時まで営業していることから、仕事を終えたキャバクラ嬢の溜まり場になってしまった。

営業的には大いに助かっているものの、夜の蝶たちのプライベートな飲み方は、すさまじいのひと言だった。

見た目は美しくても、まず態度が悪い。口も悪い。恥を知らない。奥ゆかしさの欠片《かけら》もない。トイレは汚しまくるし、怒鳴りあいの口論は日常茶飯事で、つかみあいの喧嘩まで始めたことがある。おまけに、ちょっと眼を離すと床に転がっていびきをかく強者まで現れて……。

もちろん、彼女たちだって仕事でストレスを溜めこんでいるに違いない。客のセクハラ、遅刻をすれば罰金、あがらない時給——それはわかるのだが、あまりにも傍若無人《ぼうじゃくぶじん》が過ぎる。

結果、章造は若い女が大嫌いになった。

バーテンダーとして酔った女の相手をしていれば、ベッドに誘われることも珍しくない。

だが、章造は絶対にとりあわない。彼女たちと寝るくらいなら、オナニーでもしていたほうがマシだ。酔った勢いで元カレや今カレの悪口を言いまくっているのを、こちらが聞いていないとでも思っているのだろうか？　どこそこの店のマスターを食っただの、どこそこの社長はド変態だの、耳を塞《ふさ》ぎたくなるような武勇伝ばかり口にしているくせに……。

「……ふうっ」

店の壁にかかった時計の針が、二本ともてっぺんを指した。午前零時である。

店にはまだ誰も客がいなかった。嵐の前の静けさと言っていい。

そろそろやつらがやってくる。夜職のストレスでブチギレ寸前の女たちが、鬼の酒盛りに……。

えっ？

店の扉が開いて入ってきたのは、機嫌の悪いキャバクラ嬢ではなかった。

薄紫色のワンピースを着た、年のころ四十前後の淑女。装いのせいで一瞬、誰だかわからなかったが、彼女の顔は毎日のように見ている。立ち食い蕎麦屋で働いている、我が心のアイドルではないか！

「いいですか？」

恥ずかしそうに首をすくめながら、人差し指を立てた。ひとり客、ということである。

「どうぞお好きなお席に」

章造は静かに言ってから、店を飛びだした。外の看板の灯りを消し、扉にかかっているプレートを営業中から準備中にひっくり返すためだった。

2

多香美《たかみ》、というのが彼女の名前らしい。

ジンライムを飲んでひと息つくと、向こうも章造が立ち食い蕎麦屋に日参していることに気づいてくれたので、お互いに自己紹介した。

「まさか、バーのマスターさんだったなんて思いませんでした」

どういうわけかひどく恥ずかしそうに、多香美は言った。たぶんかなりの照れ屋なのだろう。

「なにに見えました？」

「大学生とか」

「年齢的にはそうなんですけどね。高校卒業してから銀座《ぎんざ》の老舗のバーで修業して、ずっと水商売ですよ」

「すごいですね。若いのに一国一城の主《あるじ》なんて」

「まあ、こんな小さな店なんで、すごいってほどじゃないですけど」

章造は内心でにんまりと笑った。この立場には気苦労も多いが、今日ばかりはやっていてよかったと思った。

多香美が店に入ってきた瞬間、今日は臨時休業にすることにした。店のオーナーでなければそんなことはできないし、他のスタッフがいても無理だろう。

「よくひとりで飲みに出られるんですか？」

「いえ……」

多香美はやはり、恥ずかしそうにもじもじしている。

「考えてみたら初めてかもしれません。なんか今日は酔いたい気分で……」

そのとき、ドンドンドンと扉が乱暴に叩かれた。仕事を終えたストレスフルなキャバクラ嬢たちだ。

「大丈夫ですよ、鍵かけてありますから」

「えっ？」

「今夜は多香美さんの貸切です。いつもおいしいお蕎麦を食べさせてもらっているお礼に」

「本当に？」

「ここだけの話、この店あんまり客層よくないんですよね。ハハハ……」

混ぜるな危険、というやつである。パンツ丸見えであぐらをかいて飲んでいる連中と、心のアイドルを一緒の空間に置くわけにはいかない。

しかし、キャバクラ嬢たちも諦めが悪かった。扉を叩いても反応がないと、今度は電話をかけてきた。章造は当然のように、スマホの電源を切った。

「やっぱり、外で飲むお酒は酔いますね」

二杯目のジンライムを飲み干すころになると、多香美の顔は綺麗なピンク色に染まっていた。

「じゃあ、三杯目はアルコール薄めにつくります」

章造に下心はなかった。酔わせてどうこうしようと思って、扉に鍵をかけたわけではない。

多香美は左手の薬指に指輪をしている。人妻なのである。

そういう立場の女にコナをかけるのはよくない。一緒にいやらしいことをしたいのではなく、心のアイドルはただ幸せに暮らしてくれているだけでいい。

「実はわたし、近々この町から引っ越すことになりそうなんです」

「えっ？　じゃあ立ち食い蕎麦屋も……」

「やめます」

「それは……残念としか言いようがない……」

章造は心の底からがっかりした。彼女がいなくなったら、これから先、どこに癒やしを求めて生きていけばいいのだろう？

「離婚、することになると思うから……」

多香美が結婚指輪をはずしてカウンターに置いたので、章造の心臓はドキンとひとつ跳ねあがった。

3

章造のバーはカウンター席が五つと、最大五人まで座れるコの字形のソファ席がひとつある。

章造と多香美はソファで身を寄せあい、手を繋いでいた。なぜそんなことになってしまったのか、よくわからなかった。

心のアイドルに対して、下心なんてないはずだった。しかし、多香美が夫に浮気をされて離婚するという話を聞いているうちに、心が揺らいでしまった。

多香美は淋しいようだった。近々バツイチになってしまうことに深く傷ついているようだし、スキンシップも足りていないように見えた。

「わたし……」

多香美はうつむいたままポツリと言った。

「こういうことする女じゃ、ないんです……」

「わかります」

章造は多香美の手を強く握りしめた。彼女の手が小刻みに震えていたからだ。アバンチュールを楽しめるタイプのわけがない。

「でも……今日は……悪いことしちゃっても……いいかなって……」

章造の胸は締めつけられた。悪いことをする相手は誰でもいい、というふうに聞こえたからだ。

しかし、人間なら誰だってそういうときがある。女にだって、誰でもいいから抱かれてしまいたい夜がある。であるならば、相手に指名されたことをむしろ光栄と思うべきなのか……。

「多香美さん……」

肩を抱き寄せると、多香美は顔をあげた。息がかかる距離にある彼女の顔は、ピンク色に染まっていた。アルコールのせいだけではないようだった。潤んだ瞳の奥で、不安と期待が揺れている。

「ぅんっ……」

唇を重ねた。アラフォーの人妻にもかかわらず、多香美はすぐには口を開かなかった。

章造は焦らなかった。舌先で唇の合わせ目を何度も何度もなぞっていると、多香美はようやく口を開いてくれた。

舌と舌をからめあっても、多香美は身をこわばらせたままだった。欲情しているようでもあるが、それ以上に緊張している。

悪くなかった。

章造は熟女のそういうところが好きなのだ。若い女には、勢いはあっても羞じらいはない。自分のまわりだけかもしれないが、欲望のままに生きている。

「ああっ……」

胸のふくらみを撫でてやると、多香美はせつなげに眉根を寄せた。

彼女は薄紫色のワンピースを着ている。デザインが少し野暮ったいから、何年も前に買い求めたものなのだろう。

そういうところも好感がもてる。地に足がついている感じがする。

だいたい、多香美にいちばん似合う服は、立ち食い蕎麦屋の白衣なのだ。私服なんてどうでもいい。

「あうっ！」

ワンピースの上から乳房を強く揉んでやると、多香美の呼吸はハアハアとはずみだした。

さすが熟女と唸るべきか。羞じらい深くても感度は高いようである。

（早く巨乳を拝んでやりたいが……）

服の上からまさぐっても、乳房の大きさは生々しく伝わってきた。しかし、服を脱がせるのはまだ早い。章造の右手は乳房を離れていった。

薄紫色のワンピースを着ている多香美の太腿の上に、章造は右手を置いた。興奮を隠しきれない手つきで、太腿を撫でまわした。彼女はグラマーなので、太腿もむっちりしている。

「ねえ、章造くん……」

多香美が息をはずませながら、濡れた瞳で見つめてくる。

「いいの？　こんなおばさん、抱いてくれるの？」

甘えるような舌っ足らずなしゃべり方から伝わってくるのは、欲情ばかりだ。

「多香美さんはおばさんなんかじゃないですよ」

章造はきっぱりと言いきった。

「年齢はそうなのかもしれませんが、とっても可愛い。抱かせてもらえるなんて夢みたいだ……」

「あぁっ！」

右手をスカートの中に忍びこませていくと、多香美はいやいやと身をよじった。もちろん、本気で嫌がっているわけではなかった。スカートの中には淫らな熱気がこもっていたし、身をよじりながら、章造の首根っこにしがみついてきた。

彼女の太腿は、ざらついたナイロンに包まれていた。ストッキングの感触が、章造は大好きだった。

手のひらで味わうようにじっくりと撫でまわした。内腿に触れると多香美はぎゅっと脚を閉じたが、濡れた瞳を見つめてやると、じわじわと開いていった。

「くううっ！」

こんもりと盛りあがっている恥丘《ちきゅう》を、章造は右手で包みこんだ。パンティとストッキング、二枚の薄布越しにも発情の熱気が伝わってくる。多香美の花は、淫らなまでに燃えている。

ぐっ、ぐっ、ぐっ、と恥丘の麓《ふもと》を手のひらで押した。そうしつつ舌をからめあえば、多香美の口の中には大量の唾液が分泌されていく。舌を離すと唾液が糸を引く。

「あああっ……あああああっ……」

舌を差しだしている多香美の顔は、次第に欲情に蕩《とろ》けていった。ぐっ、ぐっ、ぐっ、と恥丘の麓を押す刺激が、ツボに嵌《は》まったようだった。

「きっ、気持ちいい」

羞じらいながら小さく言い、もじもじと身をよじる。可愛い反応だが、気持ちがよくなるのはここからだ。

章造は中指で女の花をいじりはじめた。ストッキングのセンターシームをなぞるように指を這わせれば、肉の合わせ目を刺激できる。クリトリスの上あたりに指が届くと、ぶるぶるっ、ぶるぶるっ、と振動を送りこんでやる。

「ああっ、ダメッ……なんだか今日は、感じすぎちゃうっ……」

自分ばかりが感じてしまっては申し訳ないとばかりに、多香美は章造の股間に手を伸ばしてきた。もちろん勃起していた。ズボンを突き破りそうなくらいだったが、その隆起を多香美はやさしく撫でてきた。

「気持ちいいです」

章造はうっとりした眼つきで多香美を見つめながら言った。

「多香美さんの触り方、すげえ興奮する」

実際、多香美の手つきはやさしくもあったが、いやらしくもあった。

指先がエレガントにひらひらと舞って、触るか触らないかのフェザータッチで撫でさすってくる。もどかしい感じが逆に、勃起したペニスをひときわ硬くしていく。我慢汁が大量に噴きこぼれ、ブリーフの中がヌルヌルしていくのがはっきりとわかる。

先に耐えられなくなったのは章造だった。

ズボンの上から多香美に股間をまさぐられていたのだが、その触り方がいやらしすぎて、ペニスをブリーフに締めつけられているのが苦しくてしかたがない。

「すっ、すいません」

ソファから立ちあがり、まず靴を脱いだ。ベルトをはずし、ブリーフごとズボンから脚を抜く。

勢いよく反り返ったペニスを見て、多香美は眼を丸くした。しかしすぐにセクシャルに眼を細め、甘い声でささやいてきた。

「舐めてほしいの？」

「いやいや……」

章造は首を横に振った。

「苦しかったから脱いだだけで、そんなこと全然思ってませんから」

嘘ではなかった。章造はもともと、フェラチオがそれほど得意ではない。女の人に悪いな、と思ってしまうからだ。

ましてや多香美は心のアイドル。彼女の口唇を穢《けが》したくなかった。

しかし、一方の多香美はというと……。

「わたし、舐めるの好きだから遠慮しないで」

大胆なことを言いながら、ソファの上で四つん這いになった。

その格好に、章造はやられた。断ることもできないまま、仁王立ちで動けなくなった。

多香美はまだ、薄紫色のワンピースを着ている。にもかかわらず、四つん這いになった姿がエロティックすぎた。この格好がセックスの体位を連想させるからか、あるいは熟女の色香のせいか……。

「硬い……」

多香美が勃起したペニスに指をからませてくる。

「それに熱くて、ズキズキしてる」

ペニスに向かってささやきながら、すりっ、すりっ、と指を動かす。

強く握りしめないところが、巧みだった。微弱な刺激にもかかわらず、いや、微弱な刺激だからこそ、ペニスが芯から硬くなっていくようだ。

「ぅんあっ……」

多香美が唇をOの字に開き、亀頭をぱっくりと咥えこむ。

「ううっ！」

章造の腰は鋭く反り返った。生温かくヌメヌメした口内粘膜に包みこまれた瞬間、フェラチオを遠慮しようとしていた自分をぶん殴ってやりたくなった。

「ぅんんっ……ぅんんんっ……」

多香美は鼻息を軽やかにはずませながら、唇をスライドさせてきた。手指での愛撫同様、強くは吸ってこなかった。それでも章造は、身をよじってしまう。首にくっきりと筋が浮かぶ。顔も熱くてしようがない。

多香美の舐め顔が淫らすぎるからだった。恥ずかしがり屋で奥ゆかしい彼女も、熟女にして人妻。フェラテクには熟練が感じられるし、なにより感情が伝わってくる。ペニスをしゃぶるのが大好きだという。

「……おいしい」

唾液まみれの肉棒をしごいては、ソフトクリームでも舐めるようにペロペロと亀頭を舐めてくる。可愛い顔に似合わず、多香美の舌は長い。それがエロすぎる。

「ぅんあっ……」

多香美は再び亀頭を頬張ると、じゅるっ、じゅるるっ、と音をたてて唇をスライドさせた。口内で唾液が大量に分泌しているのだろう。白濁した唾液を涎《よだれ》のように顎《あご》から垂らしながら、一心不乱にペニスをしゃぶってくる。

4

「もういですっ!」

章造は真っ赤な顔で叫んだ。多香美のフェラは気持ちよかったが、気持ちよすぎて暴発してしまいそうだった。

「ぅんあっ……」

多香美が口唇からペニスを抜き、あふれた唾液を手のひらで受ける。

「口に出してもよかったのに……」

上目遣いでささやかれ、章造はドキッとした。若いんだからすぐ復活できるでしょう? と多香美の顔に書いてあったからだ。

彼女が相手なら抜かずの三発でも可能な気がしたが、口内射精はしたくなかった。章造がしたいのは、自分の欲望を満たすことではなく、離婚が決まって悲嘆している多香美を慰めることなのだ。こちらばかりが気持ちよくなっては、本末転倒になってしまう。

「多香美さんっ！」

ソファの上で四つん這いになっている多香美を起こし、服を脱がしにかかった。密室とはいえ、ここはバーの店内だから、全裸にしないほうがスマートかもしれない。とりあえずワンピースの上だけをはだけさせる。

（うわあっ……）

まぶしいほどに輝いている白いブラジャーに、章造の眼は釘づけになった。アラフォーなのに白い下着なんて、どこまで清純派路線なのだろう？

「すっ、素敵ですね……お似合いですよ……」

同世代の若い女が白い下着なんて着けていたら、ダサいとからかい倒すだろう。男で言ったら、白いブリーフと一緒だからだ。

しかし、多香美にはお世辞抜きでよく似合っていた。一周まわってセクシーだった。

なにしろカップの大きさが眼を見張るほどだから、ものすごくいやらしく見える。自転車のヘルメットくらいありそうなそれを、章造はやさしく撫でまわした。ざらついたレースの感触に誘われてやわやわと揉みしだけば、ブラ越しにもかかわらず豊満な乳肉の感触が指先に伝わってくる。

背中のホックをはずし、カップをめくると、

「ああっ……」

多香美は羞じらいに身悶《みもだ》えた。

章造も興奮で身震いがとまらなくなった。ブラのカップから解放された多香美の乳房は、啞然とするほど迫力があった。量感あふれる隆起が、前方にぐんっと迫《せ》りだしている。裾野がやや垂れ気味なのも、いかにも熟女という感じでいやらしい。

お世辞も口にできないほど悩殺されてしまった章造は、無言でむしゃぶりついていった。裾野をすくいあげ、乳首に吸いつこうとしたのだが、勢い余って顔面がむぎゅっと巨乳に沈んでしまう。

柔らかかった。

まるで搗《つ》きたての餅に顔を沈めたようなのに、漂ってくる匂いはどことなくミルキー。

「むうっ！　むううっ！」

章造は鼻息を荒らげて、巨大すぎるふたつの胸のふくらみを揉みしだいた。十

本の指を絶え間なく動かしながら、左右の乳首を口に含んだ。あずき色がかった多香美の乳首はぷっくりと突起して、存在感が強かった。

しかも敏感だ。

「あぁーんっ、いやーんっ……感じちゃうっ……そんなに吸ったら、おかしくなっちゃうっ……」

チューチューと音をたてて乳首を吸い、口の中で舐め転がしてやると、身をよじってあえいだ。

5

「ねえ、章造くん……」

生身の巨乳を揉みくちゃにされている多香美が、ハアハアと息をはずませながら言った。

「わたし、もう欲しい。欲しくなっちゃった」

「えっ……」

章造は一瞬、反応ができなくなった。彼女は性器を結合させたいらしいが、まだその段階ではないような気がしたからだ。

クンニをしていない。

下着越しに手マンはしたけれど、生身の花には触れていないし、舐めてもいない。暴発寸前までフェラをしてもらいながらクンニをしないなんて、マナー違反にも程があるだろう。

動けなくなった章造をよそに、多香美はソファの上でこちらに尻を向けた四つん這いになり、ワンピースの裾をたくしあげた。ナチュラルカラーのナイロンに透けた、白いパンティを見せつけてきた。

(エッ、エロすぎるだろ……)

バックレースは可憐なのに、それに飾られた尻は熟れた女らしい丸みを帯びすぎて、章造はますます動けなくなった。

すると多香美は、自分で下着をおろしはじめた。もじもじと尻を振りながら、パンティとストッキングを膝までおろし、

「ねえ、早く……」

鼻にかかった甘い声で誘ってくる。獣が交尾する格好で、バックレースに飾られた丸尻を振りたてる。

そこまでされてしまえば、章造も突撃していくしかなかった。なにより、尻の

桃割れの間からむんむんと漂ってくる発情のフェロモンに、男の本能を揺さぶられた。四つん這いで尻を突きだしている彼女の後ろに陣取り、勃起しきったペニスを握りしめる。

「あっ……」

ペニスの先が花園に触れると、多香美は小さく声をもらした。そこはジュワリと濡れきっており、羞じらいながらも期待に胸をふくらませているのが、ビンビン伝わってくる。

「いっ、いきますよ」

章造は多香美の尻をつかんで、腰を前に送りだした。ずぶっ、と亀頭を埋めこむと、そのまま一気に奥を目指していく。

「ああーっ！」

ペニスが根元まで埋まりきると、多香美は甲高《かんだか》い声をあげた。小さな店とはいえ、バーの店中に響き渡るような声量だった。

一方の章造も、できることなら快哉《かいさい》の声をあげたかった。多香美は心のアイドル。高嶺の花だった彼女とひとつになった事実に胸が熱くなり、感激せずにはいられない。

と同時に、多香美の締まりのよさにも感嘆していた。肉穴はよく濡れているのに、吸いつき方がすごい。ただ挿入しただけでたまらなく心地よく、じっとしていることができない。

名器の予感に胸を躍らせながら、ゆっくりと腰をまわしはじめた。まずは肉と肉とを馴染ませるために、グラインドだ。

「くっ、くくうっ……」

多香美が声を震わせる。濡れた肉ひだをペニスで掻きまわされ、体中が小刻みに震えている。

「むうっ！」

多香美の震えが結合部から伝わってきて、章造は唸った。たまらず腰の動きをピストン運動に変えた。ずんずんっ、ずんずんっ、と突きあげれば、

「はぁうううう――っ！」

多香美がのけぞって獣じみた声をあげた。

章造はのけぞった多香美の双乳を、後ろからすくいあげた。柔らかく量感たっぷりの乳肉にぐいぐいと指を食いこませながら、腰の動きに変化をつける。深く埋《うず》めた状態で、押して押して押して……。

「はっ、はぁううーっ！　はぁうううーっ！」

子宮をぐりぐりと刺激された多香美は、半狂乱であえぎにあえいだ。

「あたってるっ！　いいところにオチンチンがあたってるううーっ！」

ペニスの先端で子宮を押されている多香美は、髪を振り乱して叫んだ。

普段の彼女からは考えられないほどの乱れ方に、章造は激しく興奮した。一見おとなしそうに見えても、羞じらい深さが偽物ではなくても、一度火がつけば肉の悦《よろこ》びに溺れていくのが、アラフォーの熟女らしい。

「これですか？　これがいいんですか？」

多香美の双乳を後ろから揉みくちゃにしながら腰を動かし、肉穴のもっとも深いところをペニスの先端でこすっている。亀頭にコリコリした子宮があたっているのがはっきりわかる。

「いいっ！　いいっ！」

多香美が尻を押しつけて左右に振る。振り返ってキスを求めてくる。お互い口の外に舌を出した淫らなディープキスをしながら腰を振りあう。

「もっ、もうイキそうっ……気持ちよすぎてイッちゃいそうっ……」

「イッてください」

唸るように章造は答えた。こちらにも手応えがあった。肉穴が締まりを増してきたし、濡れ方もすごい。章造の玉袋の裏まで、彼女の漏らした新鮮な蜜が垂れてきている。

左右の乳首をつまみあげ、強く押しつぶしながら最奥《さいおう》を突きまくると、

「ああっ、イクッ！　わたし、イッちゃうっ……イクイクイクッ……はっ、はぁあああぁーっ！」

ビクンッ、ビクンッ、と全身を跳ねさせて、多香美はオルガスムスに駆けあがっていった。すさまじい痙攣《けいれん》で、章造が後ろから押さえていなければ、どこかに飛んでいってしまいそうだった。

「あああっ……」

多香美がイキきったタイミングで、章造は双乳から手を離した。自然とバックハグもとけ、彼女は上体を前に倒して元の四つん這いになった。

「はっ、はぁああああああぁーっ！」

多香美が驚いたように叫んだ。章造がピストン運動を再開したからである。

「ダッ、ダメッ……イッたばっかりだから……いまイッたばっかりだから……あああぁーっ！」

イッたばかりの女が少し休みたがることくらい、章造だって知っていた。しかし、これは離婚することになって落ちこんでいる彼女を慰めるためのセックスなのだ。ちょっと強引にでも絶頂の向こう側に連れていってやりたい。一回だけではなく、五回でも十回でも、イキまくらせてやりたい。いまの彼女には、頭の中を真っ白にして快楽に没頭することが必要なのである。

幸い、二十二歳の章造は、体力も精力もありあまっていた。いや、若さなど関係なく、相手は心のアイドルだった。突けば突くほどエネルギーがこみあげてくるようだ。

「あぁうぅーっ！　またイクッ……またイッちゃいそうっ……」

パンパンッ、パンパンッ、と丸々とした尻を鳴らして突きあげてやると、多香美はひいひいと喉を絞ってよがりによがった。

「イッ、イッちゃうっ……続けてイッちゃうっ……イクイクイクイクッ……はぁおおおおーっ！」

ビクンッ、ビクンッ、と腰を上下させて、二度目のオルガスムスに駆けあがっていった。背中にびっしりと汗の粒を浮かべて、女の悦びをむさぼり抜いた。

5

「いらっしゃいませっ！」

いつもの立ち食い蕎麦屋に入ると、白衣姿の多香美が笑顔で迎えてくれた。

章造は気まずげに視線を泳がせながら壁に貼られた品書きを眺め、

「アジ天蕎麦……ちくわ天も……あと卵落として」

注文すると瞬時に出てくるのが、立ち食い蕎麦のいいところだ。

章造は丼を受けとると、早速蕎麦をすすりはじめた。天ぷらがうまいと評判の店だが、二八の蕎麦も鰹《かつお》の効いた出汁《だし》も、立ち食いとは思えないほどクオリティが高い。しかし章造は気もそぞろで、蕎麦の味なんてよくわからない。

多香美と一夜をともにしてから、一週間が経過していた。関係は発展していない。あれは事故のようなものだから、発展なんてするわけがない。

最初からわかっていたことだった。わかっていたことだが、心に風穴が空いたような、せつない気持ちはどうすることもできない。

彼女は近々離婚して、この街から出ていくと言っていた。

つまり、この立ち食い蕎麦屋からも姿を消す。多香美の白衣姿が見られるのもいまのうちなのだ。彼女の接客態度は以前とまったく同じで、あの夜のことは完全に封印している。

ということは、店をやめるときに知らせてくれることもないだろう。せつなすぎるが、どうすることもできない。たった一回セックスしたくらいで、彼氏面をするような男にはなりたくない。

「ありがとうございました」

多香美の声を背中で聞きながら、店を出た。ここで蕎麦を食べるのは、出勤前の日課だった。これから仕事である。章造のバーの開店時間は午後八時。それからしばらくは暇な時間が続くが、午前零時を過ぎるとやつらがやってくる。ストレスをたっぷり溜めこんだキャバクラ嬢軍団が……。

もう帰りたかった。

傷心の身で、泥酔モンスターと化した彼女たちの相手をするのは拷問《ごうもん》にも等しい。気が向かないから店を開けないというのも、オーナーの特権ではないだろうか？

もちろん、そんなことはできなかった。生活がかかっているのである。親に借りた開店資金だって返さなければならない。キャバクラ嬢軍団は金払いだけは異様にいい。原価九百円のワインを三本空けて、三万円置いていくような連中なのである。

「……ふうっ」

溜息をつきながら店の前まで来ると、異変があった。遠眼からでも水商売をやっているとわかる派手な装いの女が三人、路上にたむろしていたのだ。

「なっ、なにやってんですか？」

章造はおずおずと声をかけた。三人とも常連客だった。ゆうべも朝の五時まで飲んでいた。

「出勤調整」

ひとりが吐き捨てるように言い、章造は天を仰ぎたくなった。出勤調整とは、その日は客入りが悪いと予想される場合、店側があらかじめ女の子の数を減らしておくことをいう。

キャバクラ嬢にとって、最悪の事態と言っていい。キモ客にネチネチ口説かれるより、体中を撫でまわされる卑劣なセクハラを受けるより、よほど機嫌が悪くなる。その日の稼ぎがゼロになるからだ。

「今日はあんたの奢《おご》りね」

「よろこんでご馳走してくれるわよね」

「いつもたくさんお金落としてるんだから」

「いいですけどね……」

章造は泣きそうな顔でうなずいた。


鬼の酒盛りが始まった。出勤調整を受け、不機嫌の絶頂にいるキャバクラ嬢三人は、ワインをガンガン飲んで三十分で泥酔モードに突入した。

章造の店には高いワインは置いていないので、いままで儲けさせてもらったことを考えれば、奢るのはべつにいい。

しかし、早々にハイヒールを脱ぎ捨てて、ソファ席であぐらをかくのはいかがなものか？　三人ともミニスカートなので、パンツが見えていた。赤、黒、黄色――レースの生地だったり、ハイレグだったり、デザインはセクシーでも、色気はゼロである。

「今日という今日は、この店にあるワイン、全部空けてやるからね」

「ちょっと！　あんたもこっち来て飲みなさいよ」

「仕事がありますから」

章造は冷たく返した。カウンターの中から一歩も出るつもりはなかった。彼女たちにまじってソファ席に座ったら最後、壮絶な逆セクハラが始まるのである。ほっぺにチュウくらいなら許してやってもいいが、股間をまさぐってきたり、服を脱がせようとしてきたり、それを拒むと自分たちが脱ぎだしたりして、収拾がつかなくなる。

時計を見た。

まだ午後九時過ぎだった。今夜は何時まで飲むつもりだろうか？ 午前零時を過ぎれば仕事終わりのキャバクラ嬢もやってきて、鬼の酒盛りに参加する。この地獄が、朝の五時まで続くのである。

絶望的な気分で深い溜息をついたときだった。

扉が開き、女がひとり、入ってきた。キャバクラ嬢ではなかったし、他の常連客でもなかった。

多香美だった。

白いワンピース姿で恥ずかしそうに人差し指を立てる。ひとり、という意味だ。

「大丈夫ですか？」

「いやいや……」

　章造は青ざめた顔でカウンターの中から飛びだした。大丈夫ではなかった。混ぜるな危険、である。多香美の清らかな眼に、パンツ丸出しで泥酔している鬼女たちを映したくない。

「ちょっと出ましょうか」

　多香美を店の外にうながした。夜の路上で気まずげに向きあうと、

「お別れを言いにきました」

　多香美はうつむき、蚊の鳴くような声で言った。

「明日、引っ越します。ちょっと遠いところです。だからお別れと……この前のお礼を……」

「おっ、お礼なんて……」

　章造は目頭が熱くなるのをどうすることもできなかった。彼女とはもう、普通に話すことはできないだろうと思っていた。あの日のことはなかったことにするのが、大人のマナーだと……。

「ちょっと待っててくださいっ！」

　叫ぶように言い、店に戻った。パンツ丸出しの三人を睨《にら》みつけると、クスクス

笑われた。

「なーに、いまの人？」

「あんた、オスの顔になってるよ」

「まさかの熟女好き。ギャハハハ！」

章造は睨むのをやめなかった。

「どっちがいいですか？　いますぐ店を叩きだされるのと、二時間くらい留守番してもらうのと」

「二時間？」

「ご休憩ね」

キャバクラ嬢たちが眼を見合わせてギャハハハと笑う。

「二時間飲み放題に加え、ウーバーイーツで好きなもの頼んでもいいです。レジのお金で払ってください」

それだけ言い残すと、章造は店を飛びだした。

6

章造と多香美はラブホテルの部屋に入った。

店から徒歩五分のところに歓楽街があり、飲食店がいろいろあるので、そこに向かって歩きだしたのだが、ラブホテルの前を通りかかってしまった。

「入りますか？」

多香美が言ったので、

「ええっ？」

章造は彼女を二度見してしまった。

「おっ、お別れを言いにきたんじゃ……」

言葉が途中で途切れたのは、彼女に恥をかかせたくなかったからだ。

章造は二十二歳で、多香美は三十五歳。章造がまだよくわかっていない大人の世界には、お別れは言葉ではなく、ボディランゲージで示すというやり方もあるのかもしれない。

（本当にそんなことあるのか？　ただ単に静かなところでふたりきりで話したいだけじゃ……）

章造は自分の考えに自信がもてなかったが、部屋に入るなり、多香美は抱きついてきた。その勢いのままに唇を重ねられ、口の中に舌を差しこまれた。

「ぅんっ！　ぅんんっ！」

舌と舌をからめあい、お互いの口をむさぼりながらも、章造は戸惑っていた。多香美は激しかった。この前はもじもじしていたのに、今日はずいぶんと大胆で積極的……。

いや、唾液が糸を引くようなディープキスなど、まだ序の口だった。多香美は唐突に口づけを中断すると、章造の足元にしゃがみこんだ。ベルトをはずし、ファスナーをさげ、ブリーフごとズボンをずりさげる。

章造は勃起していた。心のアイドルと舌をしゃぶりあい、ペニスが硬くならないわけがない。

「ぅんあっ！」

多香美は唇をOの字にひろげると、いきなり深く頰張った。根元まで口内にきっちり収め、喉奥で先端をキュッキュと締めつけてくる。

それからずるずると抜いていき、舌先を尖《とが》らせて裏筋をくすぐってきた。さらに、反り返って屹立している肉棒の裏側を、ツツーッ、ツツーッ、と下から上に舐めあげてくる。

「おおおっ……」

章造はたまらず声をもらした。口づけ同様、フェラチオも大胆で積極的だった。ヘッドバンギングのように頭を振りたててしゃぶりあげられると、暴発の心配をしなければならないほどだった。

「たっ、多香美さんっ！」

彼女の頭を両手で押さえ、腰を引いてペニスを抜いた。立ちあがらせて、キスをする。男の器官を可愛がってくれた口唇を、ねぎらうように舐めまわす。

（やっぱりボディランゲージなのか……大人の別れは言葉じゃなく、体を重ねて腰を振りあうこと……）

白いワンピースを脱がした。下着は白だった。前回もそうだったが、彼女ほど純白のランジェリーが似合う女を他に知らない。

多香美をベッドにうながし、自分も服を脱いでベッドにあがる。彼女は下着姿だが、直前までフェラをされていた章造は、いきなり全裸になった。

「多香美さんっ……」

横から身を寄せ、肩を抱いた。彼女もこちらにしがみついてくる。熱い抱擁《ほうよう》を交わしながら、またキスをした。たくさんキスをしようと思った。

遠くに引っ越すと言っていたから、彼女と会うのはこれが最後だろう。最後にもう一度抱かせてくれるなんて、アダルトすぎる振る舞いに痺《しび》れてしまう。

章造にできることがあるとすれば、これからの時間を脳裏に刻みつけること。そして、できるだけたくさんイカせてあげる以外にないだろう。

7

多香美から白いブラジャーを奪った章造は、ごくりと生唾を呑みこんだ。

ミルク色に輝く魅惑の巨乳は、何度見てもすさまじい迫力だった。あお向けになっていても堂々と隆起し、揺るぎないエロスを放射している。すべての男を虜《とりこ》にする、強烈すぎるセックスアピールだ。

しかし、手指を伸ばして揉みしだこうとすると、

「わたしにさせて」

多香美は章造の腕の中からするりと抜けだした。お互いの体を入れ替え、馬乗りでまたがってきた。

「今日は章造くんに、いっぱい気持ちよくなってほしい……」

心のアイドルに頬を赤らめてそんなことをささやかれたら、章造としてもおとなしくあお向けになっているしかなかった。

多香美は長い髪をかきあげて片側に流すと、章造の胸に顔を近づけてきた。上

目遣いでチラチラとこちらを見つめながら、エロティックに尖らせた舌先で乳首を転がしてきた。

「あうっ！」

章造は思わず声をあげてしまった。男の乳首なんて性感帯ではないと思っていたのに、たまらなく気持ちがよかった。

多香美はただ舌先で舐めるだけではなく、唇を押しつけて吸ったり、乳首が少し突起すると甘噛みまでしてきた。

章造は女のように声をあげながら、身をよじらずにはいられなかった。

「気持ちいい？」

上目遣いでささやかれ、

「はっ、はい！」

章造は息をはずませながらうなずいた。

多香美は満足げに微笑むと、四つん這いの体勢のまま後退《あとずさ》っていき、章造の両脚の間に陣取った。

彼女の眼と鼻の先で、勃起しきったペニスがきつく反り返っていく。

フェラチオをされるのだろうと思った。彼女のフェラはとびきりなので、章造は期待に胸をふくらませた。

多香美はペニスの根元にそっと指をからませてくると、

「ありがとう……」

亀頭を見つめながらささやいた。

「この前はとっても気持ちよかった……おかげで吹っ切れた……本当は離婚するのが怖かったんだけど……生きてればこんなに気持ちのいいこともあるんだって、未来に希望がもてた……」

上眼遣いをチラッと向けられ、章造は息を呑んだ。

多香美は半開きになっている唇から唾液を垂らした。糸を引いて亀頭にかかり、根元まで垂れてくる。さらに舌を伸ばし、亀頭をペロペロと舐めてきた。

「むうう！」

章造は眼を見開いて腰を反らした。

多香美の舌は長い。そしてよく動く。ペロペロ、ペロペロ、と亀頭を舐められると、熱い我慢汁が大量に噴きこぼれていくのがはっきりとわかった。

「おおっ……おおおっ」

あまりの快感に腰が動きだし、章造は滑稽なダンスを披露してしまう。恥ずかしさに顔が熱くなっても、身をよじるのをやめられない。

自分ばかりが興奮し、感じさせられていることが恥ずかしく、

「たっ、多香美さんっ！」

章造は切羽《せっぱ》つまった声をあげた。

「僕にも……僕にもさせてください……」

頭の中にあったのは、シックスナインだった。お互いが性器を舐めあうプレイなら、恥ずかしさは半減するし、多香美のことを感じさせることもできる。

だが、うなずいた多香美は白いパンティを脱ぎ捨てると、章造の顔にまたがってきた。

顔面騎乗位である。

まさかの展開に呆然としている章造の顔面に、多香美は股間をあてがい、女の花をこすりつけてきた。

早くも濡れていた。驚くほどヌルヌルしていた。前回はクンニもなく、バックから結合したので気がつかなかったが、多香美はＶＩＯを処理していた。性器のまわりが無毛状態なので、濡れた感触がよけいに生々しい。

「ああんっ、気持ちいいよ、章造くん」

多香美がうっとりした声でささやいてきたが、彼女の股間で口を塞がれている章造に言葉を返すことはできない。

そのかわりに舌を差しだし、舐めまわした。ヌルヌルになっている花びらを口に含んでしゃぶりまわし、穴の入口にヌプヌプと舌先を差しこんでいく。

「ああっ、いいっ！」

興奮した多香美がぐいぐいと腰を振りたてる。こちらの顔面に発情のエキスをなすりつけてくる。もはや淑女とは呼べない、淫乱じみた振る舞いだったが、章造の興奮もマックスに高まっていく。

顔中が多香美の漏らした蜜にまみれていくことが、たまらなく気持ちいい。もっとまみれたいと、じゅるじゅると音をたてて蜜を啜《すす》る。夢中になって舌を動かし、舌の根が痺れてきても、舐めまわすのをやめることができない。

「んんっ……」

不意に多香美が腰をあげた。

「わたし、もう欲しくなっちゃった……」

言いおわったときには、騎乗位のポジションに陣取っていた。

「入れても、いいよね」

親指の爪を嚙みながら、甘えるようにささやく。その姿に、章造は一瞬見とれてしまった。アラフォー熟女のブリッ子に、こんなにも悩殺されるとは思わなかった。

「ぼっ、僕も……多香美さんが欲しいです」

「……うん」

多香美は嬉しそうにうなずくと、ペニスに手を添えて角度を合わせ、腰を落としてきた。

ずぶっ、と亀頭が割れ目に埋まった。多香美は眼を閉じて眉根を寄せている。息もとめているようだ。その表情に、章造の視線は釘づけになった。

前回は、顔を見ることができなかったのだ。セックスはやはり、お互いの顔が見える体勢でしたほうが燃える。

「ああーっ！」

多香美は最後まで腰を落としきると、とめていた息ごと声を放った。なにかから解放されたような、清々しくも色っぽい声だった。

「ああっ、いいっ……気持ちいいっ……」

うわごとのように言いながら、多香美は腰を動かしはじめた。最初は遠慮がちに揺れていたが、すぐに股間を前後にこすりつけてくるような、いやらしすぎる動きになった。

「あっ、いいっ！　気持ちいいよ、章造くんっ！」

章造は興奮しすぎて言葉を返せなかった。多香美がクイッ、クイッと股間をしゃくるほどに、豊満な巨乳が揺れる。タップン、タップン、と音さえ聞こえてきそうな勢いで、淫らにバウンドしている。

たまらず両手を伸ばし、揉みくちゃにすると、

「ああっ、いやああああーっ！」

多香美は髪を振り乱してあえぎはじめた。羞じらい深さもどこへやら、腰の動きがどこまでもヒートアップしていく。

8

騎乗位で腰を使っている多香美は、章造に巨乳を揉みくちゃにされ、熱狂へといざなわれていった。

「あっ、もっと……もっと強くしてっ！　痛いくらいにっ！」

腰を振りながらねだられれば、章造には期待に応える以外の選択肢はない。

左右の乳首をつまみあげ、ぎゅうっとひねると、

「はっ、はぁあうううううーっ！」

多香美はうねうねと首を振りながら獣のような声をあげた。顔はもちろん、耳から首まで生々しいピンク色に染まっている。さらに、膝を立てた。男の腰の上で、大胆なM字開脚を披露した。

（うっ、うわあっ……）

衝撃的な光景に仰天し、乳首から手を離してしまった章造を、多香美はハアハアと息をはずませながら見下ろしている。

「ねえ、見てえっ！　繫がってるところ、見てえええーっ！」

多香美の動きが、前後運動から上下運動に変わった。彼女はパイパンだから、アーモンドピンクの花びらがよく見える。その間にペニスが呑みこまれ、花びらに吸いつかれながらまた出てくる。ヌラヌラと濡れ光っている肉棒が卑猥《ひわい》すぎて、章造はとても自分の体の一部とは思えなかった。

「みっ、見てほしいんですか？」

恐るおそる訊ねると、

「見てほしいの……」

多香美はねっとりと潤んだ瞳で見つめてきた。

「オマンコにオチンチン刺さってるでしょ？　しっかり見て。よーく見て」

「はっ、はい……」

顔をひきつらせている章造に見せつけるように、多香美は股間をもちあげては落とすことを繰り返す。パチーンッ、パチーンッ、とヒップを鳴らし、勢いをつけて男根を最奥まで呼びこんでいく。

「あああーっ！　はぁあああーっ！」

恥ずかしい結合部を見られ、多香美は興奮しているようだった。ピンク色に染まった顔がくしゃくしゃに歪《ゆが》み、両眼からはいまにも涙がこぼれそうだ。もちろん、喜悦《きえつ》の涙である。

「ああっ、いいっ！　気持ちいいっ！　わたし、イキそうっ……イッてもいい？先にイッても……」

「イッてください」

章造がうなずくと、

「はぁうううーっ！」

多香美はひときわいやらしい声をあげて、腰の動きを再び前後運動に戻した。

ペニスを深々と咥えこんだ状態で、股間をぐりぐりとこすりつけてくる。

「むむむっ！」

章造は全身から熱い汗が噴きだしてくるのを感じた。同じ前後運動でも、両脚をM字に立てたままだから、さっきよりも結合感が深かった。おまけに、絶頂に達しようとしてるので、動きも激しい。濡れた肉ひだのびっしり詰まった穴の中で、ペニスが揉みくちゃにされている。多香美が腰を振るほどに、章造は快楽の渦に呑みこまれていく。

「ああっ、イクッ！　もうイクッ！」

多香美が切羽つまった声をあげたので、章造はハッと我に返った。あわてて左右の乳首に手を伸ばし、ぎゅっとひねりあげた。

「はっ、はぁあうううううーっ！」

多香美が髪を振り乱してよがりによがる。

「乳首がいいっ！　気持ちいいっ！　もっと強くしてっ！　もっと……」

望み通りにしてやると、

「ああっ、イクッ！　イクイクイクイクッ……はっ、はぁううううーっ！　はぁおおおおおおーっ！」

ビクンッ、ビクンッ、と腰を跳ねあげ、多香美は絶頂に達した。ぶるぶるっ、ぶるぶるっ、と全身を痙攣させながら激しいまでに身をよじり、こみあげてくる快感を嚙みしめている。嚙みしめながらなおもしつこく腰を振りたて、一ミリでも多くの喜悦をむさぼろうとする。浅ましいとしか言いようがない。

（エッ、エロすぎるだろ……）

こんなにもいやらしくオルガスムスに達する女がいるなんて——章造は興奮しながらも、啞然とする他なかった。

「あああっ……」

多香美は騎乗位でイキきると、甘い声をもらしながら章造に上体を預けてきた。彼女の体は淫らなまでに熱く火照《ほて》っていた。そしてじっとりと汗ばんでいた。

「ごめんね、先にイッちゃって……」

「全然ですよ。多香美さんに気持ちよくなってもらえて、僕も嬉しいです」

「本当？」

「嘘じゃないです」

ささやきあいながら、軽い口づけを何度も交わす。多香美の息はまだあがっていた。甘酸っぱい吐息の匂いがエロティックだ。

「章造くんは、まだイキそうにない？」

「いえ……」

正直、我慢の限界はすぐそこだった。

「ふふっ」

多香美が微笑む。正直に言わなくても、顔色で伝わったらしい。

「中で出しても、いいよ」

「えっ……」

「わたしピル飲んでるから、大丈夫なの」

「マジすか？」

章造は小躍りしたくなった。二十二歳の章造は、まだ中出しの経験がなかった。生挿入まではしたことがあっても、膣外射精がマナーだと思っていた。

「マジよ」

多香美は可愛い顔に似合わない言葉遣いでささやくと、腰を動かしはじめた。上体を章造に覆い被せたままだった。どう動いているのか見えないのでわからないが、びしょ濡れの肉穴で、ペニスをしゃぶられているような感じがする。

が、体が密着しているところがさらにいい。

多香美の巨乳を胸に押しつけられていると、なんとも言えない幸福感がこみあげてくる。

「気持ちいい？」

多香美にささやかれ、章造はうなずいた。性器のこすれあいも気持ちよかった

が、体が密着しているところがさらにいい。

「ああんっ……」

多香美が身をよじる。腰を振るピッチが徐々にあがってきている。感じていることを隠しもせず、口づけをしてくる。舌と舌とをからめあわせる淫らなキスが、多香美のボルテージをさらにあげていく。

「ああっ、いいっ！すごくいいっ！」

多香美が上体を少しだけ起こしたので、章造は巨乳に手を伸ばした。彼女の乳首がとびきりの性感帯であることは、もうわかっていた。それも、結合しながら強く刺激してやると感じまくる。

左右の乳首をぎゅうっとひねってやると、

「あううううーっ！」

多香美は甲高い声を放って身をよじった。密着している肌と肌がヌルヌルすべ

るのは、彼女のかいた汗のせいだろう。

「多香美さんっ！　多香美さんっ！」

章造は左右の乳首をひねりながら、彼女に何度もキスをねだった。多香美は心のアイドルだった。これが最後の逢瀬と思うと、興奮しつつも哀しくてしようがなかった。

できることなら、この瞬間が永遠に続いてほしかった。射精をしなくてもかまわないから、いつまで腰を振りあっていたかった。

もちろん、それは叶わぬ夢だ。我慢の限界が近かった。射精というゴールは、もうすぐそこに見えている。

「でっ、出ますっ！　出そうですっ！」

章造が喜悦に身をよじりながら言うと、

「ああっ、出してっ！」

多香美は蕩けるような表情で見つめてきた。

「中で出してっ！　たくさん出してっ！　多香美の中にたくさんっ……」

「おおおっ……うおおおおーっ！」

雄叫《おたけ》びとともに、ずんっ、と下から突きあげた。次の瞬間、ペニスの芯に灼《しゃく》熱《ねっ》が走り抜け、眼もくらむような射精タイムが始まった。

第三話　色気がすごい

1

自分の人生で、またこんなことが起こるとは思ってもみなかった。

夜風も生暖かい春の宵《よい》、ラブホテルの門をくぐりながら、原島裕太《はらしまゆうた》は心臓が暴れだすのをどうすることもできなかった。

原島は四十歳、フリーでコンピュータプログラマーをしている。五歳の息子がいるが、授《さず》かり婚――いわゆる「できちゃった結婚」のせいか、夫婦仲は完全に冷えきっていた。お互いひと夜限りの関係と思っていたので、ラブラブの恋愛期間がいっさいなく、一緒に暮らしはじめるなり、出産や育児などの修羅場を乗り越えなければならなかった。

ただ、冷えきってはいるが、喧嘩ばかりしているわけでもないから、原島はもう諦めているし、セックスレスにも慣れてしまった。四十路《よそじ》の声を聞いたことで、欲望そのものがなくなってしまったとさえ思っていた。

もちろん、まったくなくなったわけではなく、妻が自宅にいないときにAVを観ながら自分で処理することはあるけれど、それで充分だった。セックスは面倒くさいというのが、嘘偽りのない心境だったのである。

だが、原島はいま、ラブホテルの薄暗い部屋にいる。

「歌舞伎町《かぶきちょう》のホテルってもっとギラギラしていると思ったのに、あんがい地味なんですね……」

ひとり言のようにつぶやいた女は、富田加奈子《とみたかなこ》という。三十代半ば、独身。息子の保育園の保育士さんである。

会社勤めをしている妻に対し、フリーランスの原島は時間の融通がきくので、息子を保育園に送り迎えする役を一手に引き受けている。

雨の日風の日、暑い日寒い日、とくに二日酔いの朝などはつらいと思うことが多々あるが、楽しみがないわけではない。

その保育園で働いている保育士さんたちは、びっくりするほど可愛い女が揃っているのだ。年は二十代が中心、アイドル系、お嬢さん系、しっとり系とタイプもヴァラエティに富んでいて、朝夕眼福《がんぷく》が味わえる。

中でも加奈子は、ふたつの意味で目立つ存在だった。

まず、二十代が中心の保育士さんの中で、ひとりだけ三十代半ばであり、それは見た目でもはっきりとわかる。老けているという意味ではない。可愛いタイプが多い保育士さんたちの中にあって、加奈子は眼鼻立ちが端整な、正統派の美人だった。そのせいもあって、ひとりだけ大人のムードを漂わせている。元モデルという噂は聞かないが、そう言われても信じてしまいそうなほど、顔もスタイルも美しい。

そして、それ以上に色気がすごい。

わんぱく盛りの幼児を相手にしている保育士さんたちは、動きやすく汚れてもいい格好で働いているものだ。加奈子も例にもれず、洗いざらしのジーンズにエプロン、髪もひっつめていることが多いのに、それでもそこいらのホステスやキャバ嬢の何十倍もエロいのだから驚かされる。

男を誘っているような切れ長の眼も印象的だが、艶やかな紅色の唇も眼を惹く。なぜかいつも半開きで、下唇の左下に小さなホクロがあったりする。原島は何度見ても、フェラチオされているところを想像してしまうし、朝っぱらから勃起してしまったことが一度や二度ではない。

とはいえ、原島は既婚者であり、相手が息子を預けている保育士さんとなれば、男女の関係を夢見るわけにはいかなかった。こちらとしては、一日に二回、眼福を味わえればそれで充分だったのだが……。

今夜、バーで飲んでいたところ、偶然彼女が隣に座った。自宅近辺の店ではなく、新宿三丁目にある店だった。原島は取引会社との酒席のあと、なんとなく飲み足りなくて知らない店にひとりでふらりと入った。

二杯目のシングルモルトを飲んでいると、

「ここいいですか？」

加奈子が隣の席に座ろうとした。

「えっ？」

「あっ！」

お互いに、顔を見てハッと眼を見開いた。次の瞬間、ふたりとも笑った。ひとしきり笑いあってから、素敵な偶然に乾杯することにした。

2

洗いざらしのジーンズにエプロン、ひっつめ髪でも色気がダダ漏れの加奈子の私服姿は、すさまじいものだった。

上半身をぴったりと包みこんでいるのは、半袖の白いニット。スレンダーなモデル体形なので、胸のふくらみは控えめでも、形があらかさまに強調されていて、正視することができないほどエロティックだった。

下半身に至っては、太腿が半分以上露出している黒革のミニスカートである。こちらもまた、小ぶりなヒップにぴったりと張りついて、女らしい尻の丸みをこれでもかと誇示していた。

三十代半ばにしてはあまりにも大胆。いちおう薄手のスプリングコートも着ていたが、止まり木に腰をおろす前に脱いでいた。

「こんな偶然があるんですねえ……」

カラン、とロックグラスの中で氷を鳴らしながら原島は訊ねた。

「新宿にはなにしに来たんです？」

もう午後九時過ぎだったから、自分と同じように酒席をひとつ消化してから、ひとりで飲みたくなったのだろうと思った。

「エッチです……」

加奈子がニコリともせずに言ったので、原島は自分の耳を疑ってしまった。

「マッチングアプリで知りあった人とホテルに行くつもりでわざわざ来たんですけど、すっぽかされちゃいました」

「なっ、なるほど……」

原島は太い息を吐きだした。一種の冗談だろうか？　本当だとすると、そんな赤裸々な告白をするメリットとは、いったい……。

「わたしやる気満々だったから、ホントにもう頭にきちゃって」

「そっ、そういうことよくするわけ？　マッチングアプリとか……」

その場しのぎのセックスとか、と言いそうになり、あわてて言葉を呑みこむ。

「初めてですよ」

「そっ、そう……」

「わたし、一年前に大失恋して、それ以来、恋愛のステージから遠ざかっていたんです。でも、数えてみたら、今日できっちり一年間、エッチしていない……やばくないですか？　一年間も男に抱かれていないなんて、女として終わってますよね？」

「いやあ……」

原島は苦笑するしかなかった。

「うちもセックスレスみたいなもので、もう一年くらいしてないからなあ……」

本当は五歳の息子が生まれて以来、一度も夫婦生活を営んでいなかったが、見栄を張ってしまった。

「それは普通じゃないですか。セックスレスの夫婦なんて」

加奈子が唇を尖らせる。

「でも、嫁入り前の女子が一年間もセックスなしなんて、あり得ない」

「女子って言うけど、三十代半ばですよね？」

酔った勢いで軽口を言うと、

「ひどくないですか？」

加奈子の顔色が変わった。

「いいじゃないですか、三十五歳でも女子で。まだ結婚前なんだから」

「そうかもしれないけど」

「いまの失言は高くつきますよ」

「わっ、わかった。ここの勘定はまかせてくれ」

原島はひどく焦ってフォローした。フリーで仕事をしていると、勤め人ほどセクハラ発言に敏感になれず、つい失言をしてしまうことがある。

だが、加奈子は口許に笑みを浮かべながら、

「お勘定だけですか？」

意味ありげな眼つきで見つめてきた。

「どうせなら、エッチの相手をしてほしいなあ」

「ええっ？」

「わたしまだ、結婚を諦めてるわけじゃないんですよ。でも、一年間もセックスしてない女なんて、婚活市場で戦えそうもないじゃないですか？　女としての潤い？　フェロモンが不足してて色っぽくないっていうか……」

まったく説得力のない台詞《せりふ》だった。ベッドインをねだってくる加奈子は、眼もくらみそうなエロスを放射し、原島は鼻血が出そうだった。

3

薄暗いラブホテルの部屋で、加奈子はスプリングコートを脱いでハンガーにかけた。原島もジャケットを脱いでかける。

久しぶりの息づまるシチュエーションに緊張し、ひどく喉が渇いていた。ビールが飲みたかったが、やめておくことにした。密室でふたりきりになったらさっ

さと始めないと、始めるタイミングを見失ってしまうのがセックスというものだからである。

「加奈子さん……」

身を寄せていこうとすると、

「ちょっ……まっ……」

加奈子はあわてた様子で後退った。

「どうかしましたか？」

「いえ、その……」

加奈子は胸に手をあて、深呼吸しはじめた。

「やっぱり、一年ぶりだから戸惑ってるっていうか」

こっちは五年ぶりだよ、と原島は言いたかったがやめておく。

「ビールでも飲みます？」

「お酒はもういいかなあ」

煮えきらない加奈子の態度が気まずい空気を生じさせ、原島は所在がなくなった。誘ってきたのはそっちじゃないかと、困惑してしまう。

「僕はべつに、帰ってもいいんですが……」

「冷たいこと言わないでくださいよー」

加奈子は端整な美貌をくしゃっと歪め、泣きそうな顔になった。

「わたし本当に、一年間エッチしてない自分の境遇に危機感を覚えているんですから。このままじゃやばい女になっちゃうって……」

「はあ……」

「でも、その……久しぶりってことだけじゃなくて、そもそもすごい恥ずかしがり屋なんです」

バーで誘ってきたときとはすっかりキャラが変わっていたが、嘘を言っているようには見えない。

「そのせいかわたし、気を遣ってやさしくされるのがとっても苦手で……」

「と言いますと?」

「ちょっと強引にされたほうがいいっていうか……」

「具体的には?」

「元カレのやり方なんですけど……」

加奈子は遠い眼になって言葉を継いだ。

「ふたりきりになると、キスより先にフェラを強要してくる男がいたんですけど……あれは燃えました」

「仁王立ちフェラってやつですか？」

「そうです。フェラっていうか、もはやイラマチオ？　顔を犯すようにガンガン突かれると、息ができなくて意識が朦朧《もうろう》としてくるんです。それで羞恥心《しゅうちしん》も薄れるというか……」

「ずいぶん乱暴なやり方だなあ」

「いえ。乱暴というのは女が嫌がることをするときに使う言葉で、この場合は女のわたしから求めているわけですから……」

「ドMってことでしょうか？」

「そこまでいかないですけど、とにかく強引にリードしてもらって、翻弄《ほんろう》されたいっていうか……」

「なるほど」

原島はふーっと深い溜息をついた。ベッドの中では、できるだけ女にやさしくすることを心掛けてきた。それが最高のセックスマナーと信じて疑っていなかったが、何事にも例外というものがあるらしい。

「じゃあ、その……」

加奈子が恥ずかしそうな上眼遣いで見つめてくる。

「わたししゃがみますから、咥えさせてください」

「……いいですけどね」

やれやれ、とばかりに原島はうなずいたものの、ズボンの前は恥ずかしいほど大きくなっていた。部屋に入ったときから、いや、エレベーターの扉が閉まった瞬間から勃起していた。

加奈子が美人でスタイル抜群だからである。バーではいい女ぶっていたくせに、ホテルに入るなり尻込みするなんて、ブスなら苛々《いらいら》しそうだが、美人が相手だと可愛く思えてくるから、男というのは勝手なものだ。

「ああっ、早くっ……早くお願いしますっ……」

加奈子に股間のテントをすりすりと撫でられ、原島の息はとまった。ペニスの先端から我慢汁が噴きこぼれたのが、はっきりとわかった。

4

原島はフェラチオに対して苦手意識がある。

気持ちがいい愛撫であることに異論はないが、女に対して申し訳ないと思ってしまうのだ。ましてやイラマチオなんてやったこともなければ、やりたいと思ったこともない。

しかし、足元にしゃがみこんだ加奈子は早くも紅唇をOの字に開き、こちらがイチモツをさらけだすのを待っている。潤んだ瞳と上を向いている鼻の穴が、いやらしすぎて息もできない。

「わたしの髪の毛つかんでいいですから。でも、毛先を引っぱると痛いんで、根元でお願いします」

恐ろしいことを言いながら、唇の内側をねっとりと舐める。

ごくり、と原島は生唾を呑みこんだ。覚悟を決めるしかないようだった。

ベルトをはずし、ファスナーをさげ、ブリーフごとズボンをめくりおろした。勃起しきった男根が、唸りをあげて反り返る。臍《へそ》を叩く勢いに、自分でも驚いてしまう。こんなに上を向いている自分のペニスと対面したのは、二十代以来ではないだろうか。

「ああんっ、逞《たくま》しいオチンチン……」

加奈子は肉棒の根元を握りしめると、それを使って自分の頬を叩きだした。ピターン、ピターンと……。

「あんっ、犯してっ……加奈子の顔、早く犯してくださいっ……」

やっぱりドMなんじゃないか？　と思わないこともなかったが、原島は硬く勃起したイチモツを握りしめると、加奈子の紅唇にねじりこんでいった。

「ぅんぐううーっ！」

とはいえ、さすがに遠慮してしまう。彼女がドMであろうがなかろうが、いきなり暴君のようには振る舞えない。

半分ほど入れた状態でその先に進めずにいると、

「ぅんぐうっ！　んんんっ……」

加奈子のほうから、全長をずぶずぶと咥えこんでいった。根元まで唇を届かせてから、ゆっくりと抜いていき、ぷっくりと血管の浮いているペニスの肉胴を唾液で濡れ光らせていく。二、三度唇をスライドさせただけで、ヌラヌラした光沢を放つ、世にも卑猥《ひわい》な色合いになっていく。

「ぅんぐっ！　うぐっ！」

加奈子が頭を振りながら上眼遣いで見つめてきた。腰を使ってほしい、と眼顔で訴えてきた。

原島は興奮に上気した顔を、きつくこわばらせた。本当にそんなことをして大丈夫なのだろうか？

それでも、ここまできてやめるという選択肢は、もうない。

原島は加奈子の頭を両手でつかんだ。髪を引っぱることはできなかったが、頭を固定しておいて腰を動かし、ピストン運動を開始した。

「おおおっ……」

思わず野太い声をもらしてしまう。咥えられただけでも気持ちよかったが、自分から腰を使うと快感の質がガラッと変わった。たしかに、女の顔を犯している気になるのだ。

「むううっ！」

にわかに腰使いに熱がこもった。ずぼずぼっ、ずぼずぼっ、と口唇をえぐっていると、フェラに対する苦手意識は消えていった。高まる興奮とたまらない快感に、取り憑かれたようにピストン運動を送りこんでいく。

「ぅんぐうっ！　ぅんぐうぅーっ！」

みずから誘ってきただけに、加奈子の受けとめ方もうまかった。涙眼になり、鼻奥で悶え泣きつつも、口内で舌を動かしてくる。ぐるぐるとまわしては、敏感なカリのくびれを淫らがましく刺激してくる。

「ぬおおおーっ！」

喜悦に腰を反らした原島は、気がつくと加奈子の髪をつかんでいた。髪の中にざっくりと指を入れ、ピストン運動のピッチをあげると、ますます女の顔を犯している気分が高まっていった。

「おおっ……おおっ……」

興奮しきっている原島は、野太い声をもらしながら、ずぼずぼと加奈子の口唇をえぐった。

三十五歳の保育士さんに求められるまま、原島は彼女に勃起しきった男根をしゃぶらせている。

いわゆる仁王立ちフェラの体勢なのはいいとして、加奈子の髪をつかんで腰を動かすそのやり方は、もはや単なるフェラチオではなくイラマチオ――女の顔を暴力的に犯すようなプレイである。

女にやさしくすることが唯一絶対のセックスマナーと信じていた原島だったが、腰を振るほどにペニスが硬くなっていく。

うぐうぐと鼻奥で悶え泣いている加奈子の顔は紅潮しつつくしゃくしゃに歪みきり、涙さえ流している。ペニスの先端が喉奥まで届いているから、いまにもえずきそうなのだろう。

しかし、彼女もまた興奮の最中にいる。涙を流しながらも、原島の下半身にしがみついて離れない。加奈子の興奮が伝わってくるからこそ、原島も慣れないプレイに没頭することができるのだ。

たまらなかった。

いままでフェラでイッたことはないが、このやり方なら口内射精ができそうだった。いや、ぜひともやってみたかった。熱いザーメンを彼女の喉奥に注ぎこんでやりたくて、いても立ってもいられなくなってくる。

（だっ、出しても大丈夫だよな……乱暴にされたほうが、彼女だって興奮するんだから……）

ところが、原島がフィニッシュの連打にかかるより一瞬早く、加奈子が口唇からペニスを引き抜いた。さすがに苦しさも限界に達したのかと原島は思ったが、そうではなかった。

「ぅんああっ……」

淫らなＯの字に開ききった唇から涎を垂らしながら、加奈子は立ちあがった。顔と顔とが接近し、視線と視線がぶつかりあった。

「がっ、我慢できなくなっちゃいました……」

加奈子は上ずった声で言うと、原島の手をつかんだ。ふらついた足取りで洗面所に向かい、あわただしく黒革のミニスカートを脱いでいく。

ナチュラルカラーのパンティストッキング、それに透けているゴールドベージュのパンティに、原島は悩殺された。加奈子は二枚の下着をめくりおろしながら小ぶりの尻を突きだしてきた。

立ちバックの体勢である。

「ああっ、犯してっ……今度はオマンコを犯してくださいっ……」

洗面台に両手をつき、尻を振りながらねだってくる。正面の鏡に、浅ましいほど欲情しきった顔が映っている。

「いやらしい女だな」

吐き捨てるように言いつつも、原島もまた、顔を真っ赤にして興奮していた。反り返ったペニスはまだ、加奈子の唾液に濡れている。そこに発情の蜜を上塗りすると、どこまで気持ちよくなるのだろう？

突きだされた小尻に腰を寄せ、ペニスを握りしめて穴の入口を探った。桃割れに沿って縦になぞれば、やけにヌルヌルしている凹《へこ》みが見つかる。

原島は大きく息を吸い、ゆっくりと吐きだした。加奈子には手マンもクンニもしていない。ホテルの部屋に入って最初にしたのが、女の顔を犯すイラマチオだった。

にもかかわらず、加奈子は呆れるくらい蜜を漏らしていた。やはり、マゾっ気があるのは間違いないところのようだった。キスも抱擁もなく、顔だけを乱暴に犯されて、こんなにも濡らしているなんて……。

「いっ、いきますよ！」

原島は興奮に声を上ずらせて言うと、腰を前に送りだした。ずぶっ、と亀頭が埋まった感触に息がとまった。そのままずぶずぶと奥へ進んでいけば、濡れた肉ひだがざわめきながら吸いついてくる。ただ入れただけでたまらない快感が押し寄せてきて、原島は首にくっきりと筋を浮かべた。

5

洗面所の鏡の前で立ちバック――勃起しきった男根で加奈子を貫いた原島は、しばらくの間、動きだすことができなかった。

スレンダーなスタイルの加奈子の尻は、女らしい丸みはあるものの、見るからに小ぶりだった。そのせいなのかなんなのか、結合感がやけにきつい。充分に濡れているにもかかわらず、こんなにも締まりのいい肉穴は初めてである。

鏡に映った原島の顔は、茹でたように真っ赤に染まっていた。結合しただけでこんなにも気持ちがいいのに、動きだしたらいったいどうなってしまうのか？想像しただけで、ぶるっと武者震いが起こる。

「んんんっ……」

せつなげに眉根を寄せている加奈子と、鏡越しに視線が合った。

「……早くちょうだい」

甘いウィスパーボイスで懇願された。元より色気がすごい彼女がペニスを咥えこんだ状態でするおねだりは、暴力的にいやらしかった。

その声と表情に誘われるように、原島は腰を動かしはじめた。といっても、いきなり連打を浴びせたりするような不粋《ぶすい》な真似はしなかった。

ぐりんっ、ぐりんっ、とまずはゆっくりと腰をまわし、肉穴の中を掻き混ぜる。性器と性器を馴染ませつつ、きつい結合感を嚙みしめる。

「ああっ……」

加奈子の顔が淫らに歪んでいく。原島の動きに合わせ、みずからも腰をグラインドさせてくる。

ずちゅっ、ぐちゅっ、と卑猥な肉ずれ音がたち、

「むううっ……」

原島は自分を抑えていることができなくなった。加奈子の細い腰を両手でがっちりつかむと、ペニスの抜き差しを開始した。

一打一打に力をこめた、渾身《こんしん》のストロークを送りこんだ。それが徐々に、リズムに乗った連打になっていく。小ぶりなヒップを、パンパンッ、パンパンッ、と打ち鳴らし、最奥に淫らな衝撃を響かせる。

「はっ、はぁううう一っ！」

加奈子が甲高い声を放った。

「はぁああああっ、いいっ！　もっとっ……もっとちょうだいいいーっ！」

長い髪を振り乱して叫ぶ彼女は、まだ白い半袖ニットを着たままだった。それが妙にいやらしい。黒革のミニスカートは脱いでいたが、ストッキングとパンティも中途半端に膝までさげた状態だ。

そんな格好でふしだらによがる加奈子は、まさしく飢えたメス犬。彼氏のいない一年間に溜めこむだけ溜めこんだ欲求不満をいまここで晴らそうと、なりふり

かまわずあえぎにあえぐ。

「むうぅっ、むうぅっ！」

鼻息を荒らげて連打を放っている原島もまた、女体に飢えていた。妻とセックスレスになって五年、もうセックスなんて卒業した気になっていたが、とんでもない話だった。

パンパンッ、パンパンッ、と加奈子の小尻を突きあげるほどに、身の底からエネルギーがこみあげてきた。欲望の覚醒はスタミナを奪うのではなく、逆に生命力をみなぎらせることを初めて知った。

「たっ、たまらんっ……たまらないよっ……」

興奮しきった原島は、腰を動かしながら加奈子の白いニットに手を伸ばした。背中をめくりあげると、放つ色香も生々しいゴールドベージュのベルトが見えた。ブラジャーのバックベルトだ。

ホックをはずし、両手を前にまわしていく。カップの中に侵入していき、柔らかに隆起した双乳をねちっこく揉みしだく。

「あああぁっ……はぁあああああっ……」

加奈子が振り返って口づけをねだってきた。原島はそれに応え、舌と舌とをからめあった。

唾液が糸を引くようなディープなキスをしつつ、両手は彼女の胸を愛撫している。

細身の加奈子は、ヒップも小さければ、乳房もまた控えめだった。男の手のひらにすっぽり収まるほどのサイズであるが、感度は抜群。ほんの少し乳首をいじっただけで、

「ぅんんーっ！　くぅううううーっ！」

みずから小尻を振りたてて、性器と性器をこすりあわせてきた。前後左右に動かすのだが、原島は驚いた。バックスタイルで貫かれながら、腰を使ってくる女を初めて抱いた。

とはいえ、彼女がいやらしすぎるのは、もはや織りこみ済みだった。恥ずかしがり屋の乙女を演じていても、ひと皮剝けば獣のメス。要するに、むっつりスケベというところか。となれば、こちらもとことんスケベに振る舞ってやろうと、原島は男の本能を奮い立たせた。

「あううううーっ！」

左右の乳首をひねりあげてやると、加奈子はキスを続けていられなくなり、淫

らに歪んだ悲鳴をあげた。

「もっと……もっと痛いくらいにしてぇーっ！」

仰《お》せの通りに指先に力をこめると、加奈子はひいひいと喉を絞ってよがり泣いた。ホテルの部屋に入るなりイラマチオを求めてきた彼女は、本当に荒々しく抱かれるのが好きらしい。

ならば、と原島は加奈子の乳房から手を離した。鏡越しに鬼の形相で睨みつけながら、右手を彼女の後頭部に伸ばしていく。

乱れた長い髪にざっくりと指を入れ、そのままぐいっと後ろに引っぱる。

「はっ、はぁうううううーっ！」

加奈子が獣じみた悲鳴をあげた。後ろから髪を引っぱったことで、結合感が深まったのだ。

原島は怒濤《どとう》の連打を放っていた。結合感が深まれば、男だって気持ちがいい。息をとめたフルピッチのストロークを送りこみ、加奈子を翻弄してやる。

「あああっ、いいっ！　いいところにあたってるっ！　いっ、いちばん奥まで、届いてるううーっ！」

ペニスの先端がコリコリした子宮にあたっていることは、原島も感じていた。

それ自体も気持ちよかったが、あたると加奈子の反応が何倍も激しくなり、興奮の炎に油を注ぎこんでくる。

「ああっ、いやっ！　いやいやいやっ……イッ、イッちゃうっ……そんなにしたらイッちゃうううーっ！」

鏡に映った彼女の顔は、真っ赤に染まってくしゃくしゃに歪みきっていた。歪んでいるうえに汗にまみれ、あえぎすぎて閉じることができなくなった唇から、いまにも涎まで垂らしそうだ。

「イッ、イクッ！　イクイクイクイクッ……はっ、はぁうううううううーっ！　はぁおおおおおおおおーっ！」

ビクンッ、ビクンッ、と腰を跳ねあげ、加奈子はオルガスムスに駆けあがっていった。

「むむむっ……」

元より締まりのよかった肉穴が、絶頂によってますますきつくなり、原島は唸った。暴発してしまいそうだったが、まだ出したくなかった。歯を食いしばり、こみあげてくる射精欲をなんとかこらえた。

加奈子がイッたことでピストン運動はいったんとめていたが、結合はといていない。このまま続けたい。彼女もきっと、それを望んでいる。

「あああっ……あああああっ……」

イキきった淫らな顔で振り返り、口づけをねだってきた。加奈子の口の中は、発情の証左《しょうさ》である甘い唾液にまみれていた。

6

洗面台の下には、低めの椅子が収まっていた。女が化粧をするとき、座るためのものだろう。

原島はそれを引っぱりだすと、立ちバックの体勢で繋がっている加奈子の右足をのせた。

「いやっ……」

鏡に映ったみずからのあられもない姿に、加奈子が羞《は》じらう。キスをするために上体を起こしていたところに片足をあげたので、いまにも結合部まで見えてしまいそうなのだ。

とはいえ、そもそも鏡の前での立ちバックを求めてきたのは、彼女のほうだった。羞じらいはしても、嫌がりはしない。

「むうっ……」

原島は左手を加奈子のウエストにまわしてバランスをとりながら、ゆっくりと抜き差しを再開した。絶頂に達して締まりが増した肉穴を、ずぼっ、ずぼっ、と穿《うが》っていく。

「あああっ……」

加奈子はあえぎながらも、振り返った状態を必死にキープしている。キスを続けたいのか、あるいは鏡を見たくないのか……。

原島はキスには応じなかった。左手で加奈子の体を支えながら、右手を結合部に伸ばしていった。片足をあげさせて股間を開いたのは、もちろんそこにある敏感な肉芽を刺激してやりたかったからだった。

黒い草むらを掻き分け、まだ包皮を被っているクリトリスをねちねちと指で撫で転がしてやると、

「あううううーっ！」

加奈子は喉を突きだしてのけぞった。全身を支えている一本脚を、ガクガク、ガクガク、と震わせる。

原島は右手でクリトリスをいじりまわしながら、悠然としたピッチでピストン

運動を送りこんだ。

同時に、左手にも仕事をさせる。ウエストから胸のふくらみへと手のひらを這わせていき、いやらしいほど尖りきった乳首をつまめば、女の急所三点同時責めの完成である。

「あああっ……はぁあああああっ……」

加奈子はまだしつこく、振り返ってこちらを見ている。限界まで眉根を寄せ、赤く染まった小鼻をひくひくさせ、閉じることができなくなった口で息をはずませながら、すがるように原島を見てくる。

だがやがて、振り返っていられなくなった。

原島がギアを一段あげたからだ。敏感な肉芽《にくが》をいじっている右手の中指を素早く横に動かしつつ、ピストン運動にも熱をこめていく。ずんずんっ、ずんずんっ、と深く突いては、左手で乳首をひねりあげる。

「ああっ、いやっ……いやいやいやいやああっ……」

加奈子は快楽の暴風雨に揉みくちゃにされるばかりだった。恥ずかしいあえぎ顔が鏡に映っているのに、羞じらうこともできないまま、よがりによがる。

いや、それどころかみずから腰を動かして、貪欲《どんよく》に快感をむさぼろうとしている。いまイッたばかりにもかかわらず、おかわりの絶頂を求めてやまない。

「ああっ、ダメッ……もうダメッ……」

ずちゅぐちゅっ、ずちゅぐちゅっ、と淫らな肉ずれ音を掻き消すように、加奈子は叫んだ。

「ダメダメダメーッ！　わたしもう我慢できない……またイッちゃう……続けてイッちゃう……イクイクイクイクーッ……はぁあああーっ！　はぁああああああああーっ！」

喉を突きだしてのけぞった体を背後にいる原島にあずけながら、オルガスムスに駆けあがっていく。ガクガクと腰を震わせては激しいばかりに身をよじり、絞りだすような声で言った。

「ああっ、いいーっ！　すごいいいーっ！」

女に生まれてきた悦びを存分に噛みしめながら、加奈子は恍惚《こうこつ》の彼方にゆき果てていった。

7

ひと夜限りの関係のはずだった。

原島は妻子ある身だし、加奈子にしても爛《ただ》れた不倫なんてまっぴらごめんだろう。彼女は婚活に挑むにあたり、一年間もセックスしていないのはまずいという理由で、タイミングよく目の前にいた原島を誘ってきたのである。

だが……。

加奈子は息子の通う保育園の保育士さんであり、原島は息子の送り迎えをしているから、平日は毎日のように顔を合わせている。

となると、お互いがお互いを意識してしまい、ふたりの間に流れるおかしな空気が、日に日に濃密なものになっていった。

おそらく……。

あの夜のセックスがつまらないものだったら、そうはならなかっただろう。どちらも完全無視を決めこんで、眼も合わせなかったに違いない。

しかし、加奈子はあの夜、立ちバックで六、七回はイッていた。イキまくりだった。

原島にしても、五年ぶりに会心の射精を遂げた。ただでさえ色っぽい加奈子なのに、オルガスムスに達したときは輪をかけてエロい顔になる。体位は立ちバックでも鏡越しにその顔がばっちり見えたから、加奈子がイクたびに原島は激しい興奮に駆られた。さらに言えば、美しい彼女をイキまくらせることで、男としての自信も取り戻すこともできたのだった。

「あのう……」

枕を交わしてから半月ほど経ったある日のこと、息子を保育園に送り、帰宅しようとすると、加奈子が走って追いかけてきた。

「待ってますから……」

蚊の鳴くような声で言い残すと、頬を赤くして踵《きびす》を返した。

渡されたのはメモ書きだった。ＬＩＮＥのＩＤが記されていた。そして「もう一度会いたいです」。

「……ふうっ」

原島は太い息を吐きだした。あの夜から毎晩、加奈子の夢を見ていた。決まって淫夢だったので、朝勃ちのペニスがびっくりするほど硬くなり、毎日のように自慰までしている。四十歳にもなってなにをやっているのだろうと自己嫌悪にまみれながらも、熱い精液を吐きだすことをやめられない。

（これはこっちの台詞だよな……）

加奈子のメモ書きを眺めながら、胸底でつぶやいた。もう一度だけでいいから加奈子を抱きたいと、原島は一日に百回くらい思っていた。会いたくて会いたくて魂が悲鳴をあげていた、と言ってもいい。

もちろん、深い交際になることは厳《げん》に慎んだほうがいいだろう。もしものとき、失うものが大きすぎる。ただでさえ夫婦関係が冷えきっているところに、浮気がバレたりしたら家庭崩壊は眼に見えている。

だが、あと一度だけなら、大丈夫なのではないだろうか？　もう一度だけ会ってから、なにもかも忘れることにすれば……。

LINEで加奈子に提案してみると、はい、と短い答えが返ってきた。

原島は年甲斐もなく浮き足立ち、すぐにでも会おうというメッセージを送ろうとしたが、それでいいのか？　と、もうひとりの自分が言った。

たしかに、お互いに求めているのは性的な欲求を満たすことであり、愛だの恋だのではない。

しかし、だからといって、お手軽なラブホテルでセックスして別れるようなことでいいのだろうか？

最後の一回であればこそ、趣向を凝らしたデートコースを用意したり、ベッドインの前に豪華ディナーをご馳走したほうがいいのでは……。

原島は加奈子に感謝していた。

彼女のおかげで、男としての本能が蘇ったからだ。

そうであるなら、感謝の気持ちを形にしてみせるのが、大人の男というものではないだろうか？

悩みに悩んだすえ、原島は加奈子を夜桜見物に誘うことにした。ちょうど桜の季節だったし、いい穴場スポットを知っていたからだ。

「うわっ、すごい」

外灯に照らされた桜並木を見上げて、加奈子は眼を丸くした。外灯は元からあるものだが、わざわざ桜をライトアップしているかのように見える。

「こんなすごい夜桜が見られる場所があったなんて、全然知りませんでした」

「まあねえ」

原島は苦笑まじりにうなずいた。

たしかに素晴らしい夜桜だった。上野公園あたりと違い、人がごった返しているわけでもない。レジャーシートを敷いて宴会などをしている者は皆無であり、あたりは静まり返っている。

それには理由があった。ここは公園ではなく、墓地なのである。都内ではけっこう名の知れた霊園なのだが、墓石や卒塔婆《そとば》が立っている横で宴会を決めこもうとする者はいない。

ただ、原島は昔からこの夜桜が好きだった。生きている人間がほとんど行き来せず、死者だけが眠っているその場所で夜桜を見上げていると、幽玄というものがほのかに理解できた気になるからだ。

「怖くないですか？」

原島は加奈子に訊ねた。

「幽霊が出そうで怖いなら、早々に引きあげますが」

「大丈夫です」

加奈子は笑っている。

「わたし霊感ゼロだから、そのへんにおばけがいても全然平気」

「なるほど」

眼を見合わせて笑った。実のところ、原島も同じ理由で墓場なんてまるで怖くないのだった。

ふたりはしばらくの間、おしゃべりもせずに歩いた。見事な夜桜の下を歩いていても、ふたりが今日会った目的は、桜の花を愛《め》でることではない。そのことが次第に、息苦しいほどの緊張を運んできて、お互いに無言になってしまったのだ。

「ムラムラしてきません？」

加奈子が唐突に言った。

「えっ？」

「わたし、昔っから桜の花を見ていると、ムラムラしてくるんです。昼間でもそうなのに、夜桜だとなおさら……」

「ムラムラって？」

原島が怪訝《けげん》な顔をすると、

「エッチな気持ちになってきちゃう、というか……」

「なっ、なるほど……」

原島は唸った。春は盛りの季節である。獣たちは発情し、あたりかまわず交尾を始める。桜の開花は春の到来の象徴だから、加奈子がそれほど頓珍漢なことを言っているとは思わなかった。

とはいえ、加奈子自身はひどく恥ずかしそうで、よけいなことを言ってしまったと後悔しているようだった。照れ隠しなのか、ぎゅっと手を握ってきた。淡いピンクのアーチの下、三十五歳の独身女と四十歳の中年男が手を繋いでそぞろ歩いているのも滑稽な気がしたが、無下にはできない。

「わたし、もう濡れてきちゃったかも」

加奈子が声をひそめてささやいた。

「そっ、それは……」

さすがに言いすぎなんじゃないかと原島は思ったが、加奈子は淫らな話題をやめようとしなかった。恥ずかしそうにもじもじしながら歩いているのに、口から出てくるのは大胆な台詞ばかりだ。

「わたし、今日、ノーパンなんです」

「えっ？」

原島は息を呑んで、彼女の下半身を見た。ひらひらしたフレアスカートから、すらりとした美脚が見えていた。薄闇の中でも、極薄のナイロンに包まれているのがわかる。

「パッ、パンスト穿《は》いてるよねえ？」

「ノーパンに、ストッキング直穿《じかば》き」

エロすぎるだろ！　と原島は胸底で叫び声をあげてしまった。

「しかも、おまたのところに穴を開けてきたから、なんだかスースーして」

「どうして穴なんか……」

「それは……」

加奈子は卑猥な笑みを浮かべると、突然ドンッと原島に体当たりしてきた。

「なっ、なにするんだ？」

桜並木のある道から、原島は押しだされた。焦った声をあげても、体当たりしてきた加奈子はさらに、墓地の奥へ奥へと原島を押しまくってくる。

桜並木のある道には外灯があるのだが、そこから離れると夜の漆黒が凄みを増した。墓石が並んでいるだけだから、墨を流しこんだように黒い夜があたり一面を支配している。

もちろん、背後には外灯が光っているので、どこにいるのかわからなくなることはないのだが、足元が覚束《おぼつか》ない。転びそうになったのは、巨木の根っこが地面から浮きあがっていたからだ。

「よかった、木があって。お墓に手をついて立ちバックじゃ、さすがにバチがあたりそうですもんね」

「なにを言ってるんだ、なにを……」

原島は戸惑った。

今夜は奮発して高層ホテルの部屋を押さえてある。夜桜見物を楽しんだあと、リッチなホテルで心置きなくセックスするつもりだったのに、加奈子はここで始めたいらしい。

「この前の立ちバック……すごくよかった……」

遠い眼でささやきながら、身を寄せてくる。逃げようにも足場が悪くて転びそうだし、ちょっと後退っただけで背中に巨木の幹があたった。

「外だったら……もっといいかもしれませんよね……」

「そんなことないだろ。ホテルに行こうホテルに。夜景の見えるホテルを予約してあるから……むむむっ！」

言葉が途中で途切れたのは、加奈子が原島の股間に手を伸ばしてきたからだ。フル勃起はしていなかったが、加奈子のノーパン宣言によって勃ちかけていた。軽く揉まれただけで、芯から硬くなってしまった。

「こんなに大きくなってるのに、ホテルまで我慢できるんですか？　スカートめくるだけで、すぐに後ろから入れられるんですよ」

ズボン越しにペニスを揉みしだく手つきが、どんどんいやらしくなっていく。

緩急のつけ方がうまい。基本的にはやさしい触り方なのだが、時折ぎゅーっと竿を握られると、声が出そうになってしまう。

「こっ、ここは墓地なんだぞ。セックスなんてしていいわけが……」

「夜桜見物のデートはしてもいいんですか？　そのあとのエッチを盛りあげようっていう、下心丸出しの」

「ぐぐっ……」

夜桜見物に来たのは下心ではなく、少しは綺麗な思い出も残したかったからだ。しかし、下心と言われれば下心かもしれない。欲望のために死者を冒瀆《ぼうとく》していると言われれば、グウの音《ね》も出ない。

「キスしてください」

夜闇の中でも、加奈子の瞳がねっとりと潤んでいるのがわかった。

「それともこの前みたいに、いきなりフェラ？」

原島はしかたなく、加奈子を抱き寄せた。女らしい細身の体を抱擁し、唇を重ねた瞬間、前回のセックスの記憶がまざまざと蘇ってきて、頭の芯が熱くなった。舌と舌をからめあいはじめると、なにもかもどうでもよくなってきた。

加奈子がベルトをはずしてくる。器用にも、キスをしながらズボンとブリーフをおろすと、勃起しきった男根をしごきはじめた。

「おおおっ……」

野太い声をもらしながら、原島は加奈子の舌をしゃぶりまわした。唾液が糸を引くディープキスになるまで、時間はかからなかった。

8

いくら夜桜が綺麗でも、墓場でセックスはいただけない。

ここはご先祖の魂に手を合わせにくるところであり、言ってみれば聖なる空間なのである。

だが、そう思えば思うほど、原島のディープキスは熱を帯びていった。音をたてて加奈子の舌をしゃぶり、口の中まで舐めまわして、じゅるっと唾液を吸いたてては嚥下《えんか》する。

聖なる空間であればこそ、興奮しているのかもしれなかった。漆黒の夜に身を沈め、生暖かい春の夜風に吹かれていると、野性の本能が揺さぶられる気がした。なにより振り返ればライトアップされた夜桜が、どこまでも幽玄に咲き誇っている。これほど非日常的な空間はちょっとない。

となると、加奈子の求めているものを与えてやりたくなるが、もちろん、いきなり立ちバックで挿入するようなことはできない。

「んんっ……」

加奈子が身悶えた。濃厚な口づけを交わしながら、原島が下半身に手を伸ばしていったからだ。

ひらひらしたフレアスカートの中に右手を侵入させると、じっとりと湿気を孕《はら》んだ熱気を感じた。彼女はノーパンらしいので、それを確かめるために股間に触れてみる。

「ああんっ……」

加奈子がこちらを見つめて美貌を蕩《とろ》けさせる。原島はまばたきも呼吸も忘れて彼女の顔を見つめ返していた。中指に極薄のナイロンを感じた。ざらついた触り心地もいやらしいけれど、こんもりと盛りあがった恥丘《ちきゅう》をなぞるように指腹をすべり落としていくと、くにゃくにゃした柔肉の感触がやけに生々しく伝わってきた。

どうやら、パンスト直穿きという話は本当のようだった。尺取虫《しゃくとりむし》のように指を動かして柔肉をまさぐると、極薄のナイロンがふたつに裂けている。パンストのセンターシームに沿うようにして……。

（いっ、いやらしいっ……なんていやらしいんだ……）

原島は胸底で繰り返しながら、割れ目をねちっこく撫であげた。前回抱いたときの彼女は、もう少し可愛げがあったはずだ。モデル並みの美人のくせに、一年間セックスをしていないことにひどく焦っていた。自分から誘ってきたくせに、恥ずかしさを忘れるためにいきなりイラマチオで顔を犯してくれと要求してきた。

それに引き替え、今日の彼女はまるで痴女かニンフォマニアだった。流れの中で乱れてしまうならともかく、あらかじめパンティを穿かずにやってくるとか、パンストに穴を開けてくるとか、淫らな用意が周到すぎる。

とはいえ、夜闇の中でスカートの中に手を突っこんでいるいまとなっては、そんなことはどうでもいいことだった。

（よほどこの前のセックスがよかったんだろうな。男にとっては最高の讃辞ってやつか……）

原島の右手の中指は、パンスト直穿きの股間を、すりっ、すりっ、と撫でている。センターシームが裂けているので、指腹には極薄のナイロンだけではなく、生身の柔肉も感じている。

中指をパンストの裂け目から侵入させ、生身の割れ目をひろげてやると、熱い蜜が奥からあふれてきた。ねちっこくいじりまわせば、指に蜜がからみついてきた。すぐに指が泳ぐほど濡れまみれ、加奈子がハアハアと息をはずませはじめた。

「あっ……ぐぐっ！」

中指がクリトリスをとらえると声を放ちそうになり、加奈子は自分で自分の口を押さえた。いまにも泣きだしそうな顔でこちらを見ているが、感じていることは間違いない。

「人影がないように見えても……」

原島は声をひそめてささやいた。

「誰も来ないわけじゃない。ここが夜桜見物の穴場スポットだっていうのを、知っている人は少なくない。だから声を出したら……」

ごくり、と加奈子が生唾を呑みこむ。

「見つかって大恥をかくことになると思うが、それでも続けるかい？」

加奈子はしばし眼を泳がせてから、コクンと小さくうなずいた。どうあっても、今夜は野外で立ちバックを実現させたいようである。

「絶対に声だけは我慢してくれよ」

原島はいったんスカートの中から右手を抜くと、加奈子の双肩《そうけん》をつかんで後ろを向かせた。

両手を巨木につかせて、尻を突きださせる。ひらひらしたフレアスカートをめくりあげれば、立ちバックの体勢の出来上がりだ。

しかし、原島はいきなり挿入する気にはなれなかった。

彼女がすでにびしょ濡れであることは、手マンで確認していた。ここが夜の墓場であることを考えれば、さっさと終わらせてしまったほうがいいような気がしないでもないが、それでは満足度が低そうだ。

あとで予約したホテルに移動するにしろ、これは加奈子とする最後のセックスの一環だった。忘れられない思い出にしたいし、せっかく夜桜が見える空間に身を置いているのだから、幽玄な雰囲気を存分に堪能してからフィニッシュしたい。

原島は加奈子の背後にしゃがみこむと、小ぶりの尻の双丘を両手で鷲づかみにした。ざらついたナイロンに包まれた、女らしい丸みがエロティックだ。

ぐっと左右にひろげれば、桃割れの間から発情した女のフェロモンが漂ってきた。ずいぶんと匂いも濃厚である。

（いやらしい女だ……）

原島は胸の高鳴りを抑えきれなかった。もしかすると、ノーパンで街を歩いているときから、彼女は興奮していたのではないだろうか？　そうでなければ、手マンをする前からあんなにも濡らしていた理由が説明できない。

「んんーっ！」

ペロッ、と花びらを舐めてやると、加奈子はくぐもった声をもらした。

センターシームに沿って裂かれていた直穿きのパンストをさらに裂いて、女の花はもちろん、可愛らしくすぼまったアヌスまで剝きだしにしてやる。

「んんんーっ！　んんんーっ！」

ペロペロッ、ペロペロッ、と花びらをくすぐるように舌を使うと、加奈子は身をよじって悶えに悶えた。原島は追い打ちをかけるように、花びらを口に含んでしゃぶりまわした。口内で丁寧にヌメリを拭いつつ、次の攻撃をどうするか、思いを巡らせる。

「くっ、くうううーっ！」

加奈子が鼻奥から悶え声を放った。原島が肉穴に指を入れたからだ。右手の中指でまずはじっくりと奥まで掻き混ぜてから、指を鉤状《かぎじょう》に折り曲げて上壁にあるざらついた凹みをぐっと押しあげる。Gスポットである。

と同時に左手でクリトリスをいじってやれば、加奈子はうぐうぐと鼻奥で悶え泣きながら、両脚を激しく震わせた。手で口を押さえ、必死に声をこらえているようだった。

「声をあげたら、そこで終わりだよ」

原島は念を押しつつ、最後の仕上げにかかった。Gスポットとクリトリスを同時に刺激しながら、禁断の排泄器官に舌を這わせはじめた。

「ダッ、ダメッ……ダメですっ……」

加奈子が動揺しきった声で訴えてくる。

「そっ、そこは許してっ……そんなところは舐めないでっ……なっ、舐めないでくださいっ……」

言葉とは裏腹に感じていることは明白だったので、原島は愛撫の手をゆるめなかった。

Gスポットのざらついた凹みを、ぐっ、ぐっ、ぐっ、と押しあげつつ、淫らに尖った肉芽をねちっこく撫で転がす。そうしつつ、アヌスの細かい皺を舌先でなぞるように舐めてやると、加奈子はいやらしいくらいに身をよじった。

「ぐっ……くぅうううーっ！」

それでも声をこらえているのは立派なものだった。原島はご褒美に、愛撫のギアを一段あげた。Ｇスポットはより強く押し、クリトリスは素早くいじって、アヌスの中に舌先をねじりこんでいった。

「イッ、イクッ……イッちゃう、イッちゃうっ、イッちゃうっ……」

加奈子がついに音をあげた。Ｇスポット、クリトリス、アヌスの三点責めに翻《ほん》弄《ろう》され、けれども絶頂に達したら声が出てしまいそうだと、必死にイクのをこらえていたのだ。

しかし、何事にも限界がある。立ったまま尻を突きだしている加奈子の下半身は、いやらしすぎる動きを見せている。腰をくねらせて小尻を振り、パンスト直穿きの両脚を、ぶるぶるっ、ぶるぶるっ、と激しいばかりに震わせている。

「イッ、イクッ！」

ビクンッ、と腰をくねらせて、加奈子は絶頂に達した。そこまでは原島の想定内だったが、次の瞬間、異変が起こった。

ピュピュッ、ピュピュッ、と顔に飛沫《しぶき》が飛んできた。

潮吹きである。

ＡＶではよく見る光景だが、実際に女に潮を吹かせたことなんてなかったので、原島は激しく興奮した。肉穴に入れている右手の中指を、Ｇスポットに引っかけるようにして出し入れしてやると、じゅぽじゅぽと汁気の多い音がたち、さらに盛大に飛沫が飛んできた。

「ああああっ……あああああっ……」

加奈子はその場に崩れ落ちそうになった。

原島は潮吹きを浴びた顔を拭《ぬぐ》いもせずに立ちあがり、加奈子の腰を支えた。クンニで一度イカせてから立ちバックで繋がろうと思っていたので、ここまではシナリオ通りだった。

しかし、ズボンとブリーフをおろして勃起しきった男根を露わにすると、気分が変わった。

夜闇に眼が慣れてきたので、加奈子の顔が見たくなったのだ。彼女ほど、よがり顔の百面相がいやらしい女はいない。立ちバックも悪くはないが、鏡がないシチュエーションでは、その魅力は半減だった。

とはいえ、レジャーシートもないのに野外で正常位はできない。立ったまま前から繋がるしかないだろうと原島は腹を括《くく》り、加奈子の体をこちらに向かせた。

「ごっ、ごめんなさい」

潮にまみれた原島の顔を見て、加奈子は申し訳なさそうに謝った。いまの原島にとって、そんなことはどうでもいいことだった。

対面の立位――そんなアクロバティックな体位を経験したことはなかった。しかし、チャレンジしてみる価値はある。自分がよがらせている女の顔が見たいというのは、男の本能だ。

「あああっ……」

片脚を抱えるように持ちあげると、加奈子はせつなげに眉根を寄せて見つめてきた。原島がなにを考えているのか、ようやくわかったようだった。

「いっ、入れるよ……」

原島は右手で加奈子の片脚を持ちあげながら、左手を男根に添えて入口を探った。ヌルリッ、ヌルリッ、と濡れた花園を亀頭でなぞっていると、

「んんっ……もうちょっと下……そっ、そこっ！」

加奈子がナビゲートしてくれ、結合の準備は整った。

原島は息をとめ、腰を前に送りだした。下から上に突き刺すようなイメージでやってみると、意外なほどうまくいった。勃起しきった男根が、濡れた肉穴にずぶずぶと入っていく。

「……ぅんぐっ！」

加奈子が声を出しそうだったので、原島は彼女の口をキスで塞《ふさ》いだ。対面であれば、そういう技も使える。

「ぅんぐううーっ！」

ずんっ、と最奥を突きあげると、加奈子は唇を離し、喉を突きだしてのけぞった。すぐに向き直り、すがるような眼つきで原島の首根っこにしがみついてきた。

「あああああっ……はぁああああっ……」

ぐいぐいと男根を抜き差しするリズムに合わせ、加奈子があえぐ。昂《たか》ぶる吐息と吐息をぶつけあう。加奈子が叫びそうになったら、原島はキスで口を塞いでしまう。舌と舌とを下品なまでにしゃぶりあう。

野外での対面立位は想像以上に燃えた。

こんなアクロバティックな体位、入れたはいいがどうやって動けばいいのかわからなかったが、人間には本能というものがある。どんな体勢でも性器と性器が繋がれば、男と女は愉悦を求めて勝手に動きだすものらしい。

「ああっ、いいっ！　すごい感じるっ！　こっ、こんなの初めてよっ……」

夜闇の中でも、加奈子の顔が生々しいピンク色に染まっているのがわかった。ぞくぞくするほど妖《あや》しい眺めだった。まるでライトアップされている夜桜の色が、彼女の顔に反射しているようだ。

「ねっ、ねえっ……」

加奈子が眉根を寄せて見つめてくる。

「もっ、もうイッちゃいそうっ……イッてもいい？　先にイッてもっ……」

アヌス・Gスポット・クリトリスの三点を同時に責めたバッククンニで、彼女は潮を吹いていた。三十代半ばの熟れた体にはすっかり火がついているようだったが、原島は首を横に振った。

「ちょっと我慢するんだ」

「ええっ？」

ピンク色に染まった顔がぐにゃりと歪んだ。

「どうせなら一緒にイコうじゃないか」

「そっ、そんなっ……わたし、すぐにでもイキそうなのにっ……」

「勝手にイコうとしたら抜くからな」

原島は、いまにも泣きだしそうな加奈子の顔を睨みつけながら、鬼の形相で腰を振りたてた。

べつに先にイカせてやってもよかった。

ただ、ちょっと意地悪をしてやりたくなったのだ。加奈子を抱く前の原島は、セックスから卒業したつもりになっている、すっかり枯れた四十路の中年男だった。

彼女のおかげですっかり男が蘇ったわけだが、この関係は今夜で終わり。高級ホテルを予約してあるので、一回戦が終了したらそちらに移動して朝まで抱きつづけるつもりだが、夜が明ければ赤の他人に逆戻り……。

それが悔しくて、意地悪をしてしまった。加奈子がイキそうになるとピッチを落としたり、ペニスを半分抜いたりして、焦《じ》らしに焦らし抜いた。

「ああっ、もう許してっ……お願いだからイカせてっ……こんなのおかしくなっちゃうっ！」

涙を流して絶頂を求めてくる加奈子は、発情しきった獣のメスだった。ただでさえ色気がすごいのに、濃厚なフェロモンをむんむんと振りまいて、男心をどこまでも挑発してきた。

「あぁっ、ダメッ……もうダメッ……イクイクイクイクッ……我慢できないいいいーっ！」

のけぞって叫び声をあげ、ビクンッ、ビクンッ、と腰を跳ねさせた。立ったまま片脚を持ちあげられている淫らな格好で、体中の肉という肉をいやらしいほど痙攣《けいれん》させた。

原島はもう、焦らしはしなかった。加奈子がイキきるまで、力の限り入魂のストロークを打ちつづけた。

こちらも出そうだったからだ。限界が訪れたら爆発寸前のペニスを抜いて、彼女の美貌にザーメンをぶちまけようと思った。

（顔面シャワー、それからお掃除フェラだな……）

顔に似合わずマゾッ気がある加奈子は、きっと悦んでくれるだろう。喜悦の余韻にむせび泣きながら、白濁の粘液を舌で丁寧に拭ってくれるはずだ。

原島は内心でほくそ笑みながら、フィニッシュの連打を打ちこんだ。オルガスムスでぶるぶると痙攣している加奈子の体を、ずんずんっ、ずんずんっ、と突きあげた。

第四話　誘う太腿

1

竜崎要一《りゅうざきよういち》は二十八歳、フードデリバリーの配達員をしている。体を動かすことが好きなので、自転車での配達は苦にならない。東京生まれ東京育ちだから道にも詳しく、毎日楽しく働いている。

（今日はけっこう稼いだし、これくらいにしておくか……）

まだ午後七時過ぎで、ディナータイムのピークはこれからだったが、仕事をあがることにした。この仕事を気に入っている理由のひとつに、自分のペースで働けることがある。

その日はなにも予定が入っていなかったので、ビールでも買って帰宅しようと近所のコンビニに寄ったところ、建物の横手にある駐輪場で、うずくまっている人がいた。

(マジか……)

危機回避能力の高い人なら、見て見ぬふりをして通りすぎるだろう。しかし、竜崎はそういうことができない男だった。困った人は助けなければならないと親に教育されたせいで、スルーをするとその後何日も罪悪感に苛《さいな》まれる。

うずくまっているのは、濃紺のタイトスーツを着た女の人だった。地べたに座りこんで右の足をさすっている。

「大丈夫ですか？」

近づいていって声をかけると、女は顔をあげ、

「あっ」

お互いの口から、小さく声がもれた。

知っている女だった。よくランチを届けにいく広告代理店の女課長だ。名前はたしか、八神翔子《やがみしょうこ》……。

「あなた……デリバリーの人よね？　うちの会社によく来る……」

翔子は銀縁《ぎんぶち》メガネのブリッジを指でもちあげながら言った。

「えっ、ええ……」

竜崎はこわばった顔でうなずいた。

「わたしのこと、運んでくれない？」

「はっ？」

「新しいハイヒールを履いてきたら、靴擦れしちゃったみたいなの。うち、すぐそこのマンションだからいいでしょ。もちろん、代金はお支払いします」

「そう言われましても……」

相変わらず無茶苦茶な人だな、と竜崎は苦りきった顔になった。

翔子は四十歳前後、一見してザ・キャリアウーマンというような人だ。容姿は整っている。美人と言えば美人だ。銀縁メガネがよく似合うから、知的なメガネ美人と言ってもいいかもしれない。

ただ、眼つきが険しく、あたりも強いから、若い社員から恐れられ、敬遠されて、「鬼の女課長」という渾名《あだな》まであるらしい。

竜崎のようなデリバリードライバーに対しても常に上から目線で接してくる人なので、通りかかった給湯室の前でそんな噂話を耳にしたときは、さもありなん、と胸底《むなそこ》で苦笑をもらしたものだ。

「すいません……」

竜崎は頭をさげた。

「お気の毒ですが、さすがに人間を運ぶような仕事は受けつけてないんですよ」

骨でも折ったのならともかく、靴擦れくらいなら自力でなんとかできるだろう。

「いいからおんぶして」

翔子はやはり、上から目線で命じてきた。竜崎は呆れるのを通り越して腹が立ってきたが、そのとき、翔子のタイトミニが視界に入った。正確に言えば、タイトミニからチラッと見えている太腿である。

（相変わらずむちむちだな……）

翔子は痩せても太ってもいない。四十歳前後の日本人女性として、ごく一般的なスタイルをしている。

ただ、太腿だけはやけにむっちりと肉感的だった。

そこがアピールポイントだという自覚が本人にもあるのか、いつも短めでパツンパツンのタイトミニを穿《は》いている。おかげで会うたびに、嫌でも視界に入ってくる。何百というオフィスに食事を届けている竜崎でも、ここまで悩殺的な下半身をもつＯＬを他に知らなかった。

「しっかりつかまっててくださいよ」

靴擦れができて歩けなくなったという翔子を、「よいしょ」と背中におんぶする。両手は太腿の裏に触れていたが、スケベ心はきっちりと隠しておかなければならない。

日々自転車を駆ってフードデリバリーの仕事をこなし、趣味は筋トレと言いきれるほど体を鍛えることが大好きな竜崎にとって、女をおんぶして歩くのは難しいことではなかった。

ただ、彼女のスカートが短いことが気になった。後ろから見たら、パンツが丸見えになっているのではないかと……。

一方の翔子は、

「ふふっ、けっこう乗り心地いいのね。全速前進！」

と上機嫌だ。

（ま、いいけどね……）

なんでも、彼女の自宅までは直線距離にしたらここから一〇〇メートルもないらしい。こんなことでお金を受けとるわけにもいかないので、完全なるボランティアだ。

体力的にはなにも問題はなかったが、気になることがふたつあった。

ひとつはもちろん、おんぶするために触れている太腿だ。

そして、背中にあたっているふたつの胸のふくらみである。

太腿がむちむちしているのは、見ればわかるので想定内だった。それでも、ざらついたストッキングに包まれた感触が見た目以上にいやらしく、思わず揉みしだきたくなるが、もちろんそんなことはできない。

一方、背中にあたっている乳房のほうは、完全に想定外だった。

着痩せするタイプなのか、普段の彼女に胸が大きいという印象はあまりない。にもかかわらず、背中にあたっている隆起はやけにこちらに迫《せ》りだしていて、存在感がすごい。

翔子は四十歳前後、竜崎よりひとまわりほども年上である。

そんな熟女を異性として意識するはずがないと思っていたのに、背中にあたる胸のふくらみと、両手で抱えている太腿の感触が緊張を誘う。ごく一般的なスタイルだと思っていたのが、おんぶしてみるとそのボディは驚くほど肉感的で、一歩進むごとに落ち着かない気分になっていく。

さらに、背後から漂ってくるムスク系の香水の匂いが、動揺に拍車をかけた。まるで「わたしは女！」と叫び声をあげているような、主張の強い匂いがした。

「ここでいいですか？」

マンションのエントランスまで来たのでおろそうとすると、

「ダメ。部屋まで行って」

翔子は竜崎におんぶされたままオートロックの鍵を開け、エレベーターで階上にあがった。十階だったが、おんぶしたままだった。

部屋の前まで来たので、さすがにお役御免だろうとおろしたが、

「それじゃあ、ここで失礼します」

踵《きびす》を返せなかったのは、翔子が上着の裾をつかんできたからだった。

「そんなにあわてて帰らなくてもいいでしょ。運んでくれたお礼にお茶くらいご馳走させなさい」

しおらしく言ってくるならともかく、部下に命じるような口調だった。竜崎はげんなりしたが、逆らえなかった。彼女がどんな部屋に住んでいるのか、好奇心が疼《うず》いたからである。

翔子はおそらく独身。アラフォー女のひとり暮らしとは、いったいどんな感じなのだろう？

「どうぞ……」

翔子が部屋に通してくれた。竜崎は玄関で靴を脱ぎ、短い廊下を抜けてリビングに入った。モデルルームのように気取り倒した生活感のない空間が、いかにも彼女らしかった。

だが、そんなことより、翔子が苦悶の表情で片足を引きずって歩いている。

「大丈夫ですか？」

「ちょっとソファに座って待ってて……」

翔子は言い残すと、寝室らしき奥の部屋に入っていった。竜崎はやれやれとソファに腰をおろしたが、しばらくすると、

「ちょっとっ！　ちょっと来てっ！」

悲鳴のような声が聞こえてきたので、ソファから飛びあがった。

「どうかしましたか？」

翔子の悲鳴に驚いた竜崎が、引き戸越しに声をかけると、

「ちょっとっ！　ちょっと入ってきてっ！」

翔子が言ったので、引き戸を開けた。やはりそこは寝室のようで、クイーンサイズのベッドが部屋の中央に鎮座していた。

その上で、翔子は両脚を伸ばして座っていた。おぞましげに顔をそむけて。

「皮が剝けているのよ」

靴擦れになったという右足を指差す。

「真っ赤になってるの。なんか怖くて……」

子供かっ！　と竜崎は胸底で叫んだ。靴擦れをしたなら、皮が剝けて赤くなっていることも当然あるだろう。一体全体、銀縁メガネをかけてタイトスーツを着たキャリアウーマンが、怖がるような現象だろうか？

「悪いけど、絆創膏《ばんそうこう》を貼ってくれない？　そこに救急箱があるから」

翔子は相変わらず上から目線で命じてくる。

（俺は部下でもなんでもないんだけどなあ……）

竜崎は胸の内で深い溜息をつきつつも、乗りかかった船だと諦め顔で絆創膏を取りだした。

翔子の傍らに、肌色の極薄ナイロンが丸めてあった。パンティストッキングを脱いだらしい。

（つまり、生脚か……）

ナイロン皮膜の保護がなくても白く輝いている美脚に唸りながら、竜崎は靴擦れの場所を確認した。右足の小指側が、赤くなっていた。たしかに皮が剝けているが、それほどたいした靴擦れではない。

(まったく大げさな……)

竜崎は絆創膏を靴擦れ部分に貼った。一枚では足りずに二枚……。貼りおえる直前、翔子が片脚を立てた。竜崎の視界に、赤いものが飛びこんできた。濃紺のタイトミニの奥で、ワインレッドのパンティが股間にぴっちりと食いこんでいた。

竜崎は一瞬、まばたきも呼吸もできなくなった。匂いたつような光景だった。性格は高慢ちきでも、翔子は美人だった。美人にも種類があるが、メガネが似合う知的美人だ。

そのうえ、熟れたボディの持ち主——先ほどおんぶをしたときには、豊かな胸のふくらみとむちむちの太腿の感触が、嫌というほど伝わってきた。

(まずい……)

気がつけば勃起していた。今日も仕事をしてきた竜崎は、自転車に乗る際邪魔にならないよう下半身にぴったりとフィットする黒いスパッツを穿いていた。この格好で勃起すれば、股間のもっこりが丸わかりになる。

「すっ、すいません！　トイレお借りします」

返事も待たずに寝室を飛びだした。べつに手なんて汚れていなかったが、勃起に気づかれたら赤っ恥だ。

（うわっ！）

それらしい扉を適当に開けた竜崎は、声をあげそうになった。そこはトイレではなく、バスルームにつながる洗面所で、洗濯機が置かれていた。

それはいいのだが、洗濯物が干してあった。赤、青、紫、白に花柄……色とりどりのパンティが十枚以上、ピンチハンガーにぶらさがっていたのである。

どれもこれも、生地の面積がやたらと少ないセクシーランジェリーだった。ただでさえいやらしいデザインなのに、メガネが似合う知的美人が着けていると思うと、ギャップの激しさに脳味噌を揺さぶられてしまう。

「ねえ、トイレはそこじゃないわよ……」

翔子がやってきたので、竜崎の息はとまった。

2

最悪だった。

トイレと間違えて洗面所に入ってしまった竜崎の眼に飛びこんできたのは、ピンチハンガーにぶらさがっている色とりどりのパンティ。

そんなシチュエーションで、竜崎は勃起していた。黒いスパッツの股間を、もっこりとふくらませて……。

「ちっ、違うんです！」

あわてて言い訳をしようとした。翔子の視線が、まっすぐに竜崎の股間に向けられていたからだった。

しかし、このパンティを見て勃起したのではなくても、先ほど彼女のパンチラを見て勃起してしまったのだから、弁解のしようもない。

（おっ、怒られる……これは怒られるぞ……）

相手は「鬼の女課長」の異名《いみよう》をもつ、恐ろしい女だった。竜崎はカミナリを落とされ、ビンタされることまで覚悟したが、

「やだ……」

翔子は頬を赤くし、恥ずかしげに顔をそむけた。

「見られたくないもの、見られちゃったな……」

竜崎は呆気《あっけ》にとられた。翔子に怒る素振《そぶ》りはなく、乙女のようにもじもじしていたからである。

「興奮しちゃったの？」

翔子が上眼遣いをチラッと向けてきたので、

「いや、その……」

竜崎は口ごもった。

「わたしね、下着だけは贅沢《ぜいたく》することにしているの。全部デパートで買ったブランドもの。でも、男の人に見られるのは、ちょっと恥ず……痛っ！」

翔子は絆創膏を貼ったばかりの足指が痛んだらしく、その場にしゃがみこんだ。そこは竜崎の足元でもあった。

向きあって話をしていたので、彼女の知的な美貌は、竜崎の股間の正面にきた。黒いスパッツをもっこりとふくらませている真ん前に……。

「すごい……」

翔子は男のテントをまじまじと見つめると、双頰《そうきょう》をますます赤く染めた。

「あなた、いい体してるもんね。おんぶしてもらったときも筋骨隆々《きんこつりゅうりゅう》って思ったけど、トレーニングとかしてるの？」

「きっ、筋トレを少々」

「ここも？」

白魚のような手に、男のテントをそっと包まれ、

「むうっ!」

竜崎の腰は反り返った。

「すごーい……なんて硬さなの。どんなトレーニングしてるのよ?」

とぼけたことを言いながら、翔子は股間を撫でさすってくる。もっこりとふくらんでいる部分を手のひらに包みこみ、やわやわと揉みしだく。

「むっ……むむっ……」

竜崎はこみあげてくる快感にのけぞりつつも、違和感を覚えていた。

ひとまわり年上のアラフォー美女の誘惑、という感じではなかったからだ。年も上なら社会的地位も彼女のほうが上、いつだって上から目線で接してくる翔子が、痴女的に迫ってきたのなら違和感などなかっただろう。

だが、銀縁メガネをかけていてもはっきりとわかるほど、恥ずかしそうなのだ。年下の竜崎に甘えているような節さえある。いつもとキャラが違う。あまりに違いすぎて、戸惑いを隠しきれない。

(どっ、どういうことなんだ? やっちゃってもいいのか?)

棚ぼたのワンチャンを逃すほど、竜崎は真面目な人間ではなかった。相手が翔

子ほどの美人なら、アラフォーでも文句はない。据え膳をありがたくいただくことにためらいはないし、そもそも痛いくらいに勃起して、我慢なんてできそうもなかった。

「きゃあっ！」

お姫さま抱っこで抱えあげると、翔子は悲鳴をあげた。

竜崎はかまわず翔子を寝室に運び、ベッドの上に横たえた。

「なっ、なにっ……」

怯《おび》えた顔で見上げてくる翔子に見せつけるように、竜崎は服を脱いだ。パーカーを投げ捨て、ブリーフごとスパッツをめくりさげて脚から抜く。

勃起しきった男根がブーンと唸りをあげて反り返り、湿った音をたてて下腹を叩いた。

翔子は眼を見開き、息をとめている。視線は男根に釘づけで、その体は濃紺のタイトスーツをまとったまま……。

竜崎は全裸になって身を寄せていったが、

「まっ、待ってっ！」

翔子は焦った声をあげた。怯えきった顔を、小刻みに左右に振る。

「わっ、わたしのこと、抱こうとしてる？」

「股間を撫でまわしてきたのはそっちですよ？」

それに先立って勃起してしまったのはこちらだが、竜崎は強気に言い放った。

「エッチしたいんでしょう？　欲求不満が溜まってるんじゃないですか？」

「そっ、そんな……」

翔子は激しく首を横に振った。

「欲求不満なわけないじゃないの。わたしなんて、処女みたいなものだし」

意味がわからなかった。

「わたし、バツイチなの。離婚したのが七年前、その前からずっと……セックスなんてしてないし……」

「したくないんですか？」

竜崎は甘くささやきながら、左腕で翔子の肩を抱き寄せた。右手をフリーにしてあるのは、もちろん愛撫に使うためだ。

「さっき、僕の股間をまさぐりながら、エッチがしたいって顔に書いてありましたよ」

右手をタイトスーツに伸ばしていく。上着の上から、胸の隆起を撫でさする。

先ほどおんぶしたとき、背中に感じた乳房の存在感は錯覚ではなかった。服の上からでも、触ってみると驚くほど量感がある。

「やっ、やめてっ……」

翔子が顔をそむけ、眼を泳がせる。言葉とは裏腹に、本気の抵抗は見せない。

「自分から誘っておいて、やめてはないでしょう？」

竜崎は薄く笑いながら、上着のボタンをはずしていった。脱衣所で股間をまさぐられたこともそうだが、いま思えば、絆創膏を貼っているときのパンチラから、彼女は誘っていたのかもしれない。

「ああっ、ダメッ……」

白いブラウスの前を割り、ワインレッドのブラジャーを露わにすると、翔子はせつなげに眉根を寄せた。紅潮した美貌に諦念《ていねん》を浮かべながら、すがるように見つめてくる。

「やさしくしてくれる？」

舌っ足らずで甘えるような声で言われ、

「らしくないですよ」

竜崎は苦笑した。

「ひとまわりほども年上の、鬼の女課長とは思えない」

「そんなふうに呼んでたの。だって……わたし本当にセックスするの七年ぶり……ううん、結婚してたときもほとんどセックスレスだったから、もう十年近くそういうことは……」

「どうしてセックスレスだったんです？」

竜崎は意地悪く訊ねながら、ブラウスの中に手を突っこんだ。ワインレッドのブラジャー越しに、胸の隆起をぐいぐいと揉みしだいた。ブラジャーのざらついた触り心地と、それに包まれている柔らかな乳肉の感触が、いやらしすぎるハーモニーを奏でる。

「あああっ……」

背中のホックをはずし、ブラジャーのカップをめくりあげてやると、翔子は知的な美貌を恥ずかしげに歪めた。艶めいた表情になっているのに、「鬼の女課長」の象徴である銀縁メガネをかけたままなのが、たまらなくそそる。

竜崎は、翔子の顔と胸を交互に見つめた。顔も卑猥だったが、砲弾状に飛びだした生身の乳房もなかなかのものだった。巨乳というほど大きくないが、美しく前に迫りだしてツンと上を向いている。赤い乳首のついている位置が高いから、よけいにそう見える。

（ククッ、生意気そうなおっぱいだな……）

竜崎は内心でほくそ笑みながら、生乳を揉みはじめた。上を向いた美乳は、高慢ちきな翔子のキャラにぴったりだった。

それにしても、これほどいやらしい体をしているのに、十年近くもセックスしていないとはもったいない。翔子はいかにも性欲が強そうに見えるのに……。

「あうっ！」

乳首をペロペロと舐めてやると、翔子は白い喉を突きだしてのけぞった。唾液を浴びた赤い乳首はみるみるうちに尖りきり、感度の高さを伝えてくる。

（マグロってわけじゃなさそうだ……）

性感が発達していないなら、セックスに消極的になってもしかたがないが、そういうわけでもないとなると……。

「ああっ……はぁああっ……はぁあっ……」

左右の乳首を交互に吸ってやれば、翔子は息をはずませて身をよじった。

それも肉の悦《よろこ》びを謳歌《おうか》するという感じではなく、ひどく恥ずかしそうなのがたまらない。アラフォーにもかかわらず、それどころか、会社では「鬼の女課長」

と恐れられているのに、裸になると乙女なブリッ子――そのギャップに、興奮せずにはいられない。

（本性が乙女なブリッ子なら……）

もっと恥ずかしがるところを見てみたくなり、竜崎は上体を起こした。翔子の足のほうに移動すると、彼女の体を丸めこんだ。でんぐり返しのような体勢で、両脚をひろげて……。

マングり返しである。

「いっ、いやあああああーっ！」

燃えるようなワインレッドのパンティを丸出しにされ、翔子は泣き叫んだ。手脚をジタバタと動かして抵抗もしたが、もちろん無駄である。

「いい格好ですよ」

竜崎は翔子の両手を押さえながら、パンティの股布に顔を近づけていく。濃紺のタイトスーツはノーブルかつエレガントなのに、下着は扇情的なワインレッドとはいやらしすぎる。下着に贅沢をするとか、そういう問題ではない。翔子の隠された本性が現れているような気がしてならない。

股布付近でくんくんと鼻を鳴らして匂いを嗅げば、発情しきった女のフェロモンが湿った熱気を含んで鼻腔《びこう》に流れこんでくる。

「やっ、やめてっ！　嗅がないでっ！　匂いを嗅がないでっ！」

翔子は涙ながらに哀願してきたが、興奮している男というのは天邪鬼《あまのじゃく》なものだ。やめてと言われれば、余計にやりたくなる。

「いやらしいですね。匂いだけで濡れてるのがわかりますよ。もうびしょびしょでしょ？」

「いやああぁっ……」

銀縁メガネをかけた知的な美貌が羞恥《しゅうち》に歪みきっていくのを眺めながら、竜崎はくんくんと鼻を鳴らした。

マングり返しで翔子を押さえ込み、ワインレッドのパンティの股布に指をかける。

「見ますよ……見ちゃいますよ」

「やっ、やめてっ……」

首を横に振る翔子の声は、どこまでも弱々しい。もはや観念するしかないと、銀縁メガネをかけた顔に書いてある。

竜崎はパンティの股布を片側にぐいっと寄せた。

「ああああーっ！」

翔子の痛切な悲鳴とともに、アーモンドピンクの花びらが剝きだしになる。

（うわあっ……）

竜崎は眼を凝らして凝視した。これが熟女の花びらなのか、やけに大ぶりでびらびらしている。割れ目の縦筋がわからないほど左右の花びらがよじれながら身を寄せあい、巻き貝のような形になっている。

「見ないでっ……見ないでぇえっ……」

翔子が涙声で哀願してきても、見ないわけにはいかなかった。いや、すぐに見るだけでは飽き足らなくなり、舌を伸ばしていく。

「あおおっ！」

花びらの縁をチロッと舐めただけで、翔子の顔は泣きそうに歪んだ。竜崎は、チロチロッ、チロチロッ、と舌先を動かし、くすぐるように愛撫した。

さらに舌腹をねっとりと這わせていくと、アーモンドピンクの花びらが唾液によって卑猥に光り、銀縁メガネをかけた知的な美貌は茹《ゆ》でたように真っ赤に染まっていく。

「あっ、やめてっ！　ひろげないでっ！」

左右の花びらをひろげれば、つやつやと濡れ光る薄桃色の粘膜が恥ずかしげに姿を現す。ふうっ、と息を吹きかけてやると、ひくひくと敏感そうに反応する。

「ふふふっ、おいしそうなオマンコだ……」

竜崎は淫靡《いんび》な笑みをもらしながら、舌を伸ばしていった。まるで別の生き物のように息づいている薄桃色の粘膜を、ねろり、と舐めると、

「あううーっ！」

翔子は鋭い悲鳴を放った。マンぐり返しに押さえこまれていては、のけぞることさえままならず、ただどこまでも顔を紅潮させていくばかりだ。

ねろり、ねろり、と竜崎は薄桃色の粘膜に舌を這わせた。さらに舌先を尖らせて、ツツーッ、ツツーッ、と下から上に舐めてやる。

花びらの合わせ目の上端にあるのは、もちろんクリトリスである。敏感な肉芽はまだ包皮を被《かぶ》っていたが、舌先がちょっと触れただけで翔子の体はビクビクと跳ねる。

「ああっ、いやあっ……ああっ、いやあああーっ！」

ちぎれんばかりに首を振り、長い髪を振り乱す。ねちねち、ねちねち、と竜崎がクリトリスに集中攻撃を加えると、甲高《かんだか》い嬌声《きようせい》がとまらなくなり、宙に浮い

ている左右の足が、ぎゅうっと内側に丸まっていった。

（ずいぶん反応がいいな。十年近くセックスしてないのに、ここまで敏感となると……）

オナニー愛好家の疑惑が浮上してくる。最近では、クリトリスを吸引するなどの機能がある、最新ラブグッズを利用している向きも多いらしい。

「イッ、イクッ……そんなにしたらイッちゃうっ……イッちゃうっ……イクイクイクイクーッ！」

ビクンッ、ビクンッ、と全身を跳ねさせて、翔子はオルガスムスに駆けあがっていった。知的な美貌は紅潮し、くしゃくしゃに歪みきっていた。銀縁メガネのせいもあり、やけにいやらしいイキ顔だった。

3

「……あふっ」

マングリ返しの体勢から解放してやると、翔子は放心したように横たわった。

「なにが処女みたいなものですか？」

竜崎はせせら笑いながら言った。

「ちょっとクリを舐めただけでイッちゃうなんて、淫乱ですよ淫乱」

翔子の腕を取り、上体を起こさせる。恥ずかしすぎる事実を突きつけられ、竜崎に眼を向けることもできない。

前戯で一度イカせたからには、早く彼女を貫きたかった。ただ、彼女はまだ濃紺のタイトスーツを着たままだった。はだけてはいても、脱いではいない。挿入するなら裸にしたほうがいいけれど、裸にする前にやっておきたいことがある。

「舐めてくださいよ」

勃起しきった男根を、銀縁メガネをかけた知的な美貌の前に突きだす。

「舐められたら舐め返す。それが礼儀ってもんですよね」

竜崎は王様にでもなったような気分だった。いつも上から目線の高慢ちきな女課長をマングり返しで絶頂に導き、さらにはタイトスーツをはだけた姿でフェラまでさせようとしている。これほどまでに、男の支配欲を満たしてくれる女が他にいるだろうか？

「わたし……下手だけど、いい？」

翔子が上眼遣いで訊ねてきた。この期《ご》に及んでまだブリッ子しているところに、征服欲を刺激される。

「とりあえずやってみてくださいよ」

竜崎がしらけきった顔で言うと、翔子はおずおずと男根に手を伸ばしてきた。ブリッ子していても、発情していることは間違いなかった。すりすりと肉棒をしごきはじめると、これが欲しいという心の声が聞こえてくるようだった。

「ぅんあっ……」

翔子は口を開くと、舌を伸ばしてきた。涎《よだれ》じみた我慢汁を垂らしていきり勃っている亀頭から、舐めはじめた。

ペロッ、ペロッ、と遠慮がちに舌を這わせてくる彼女のやり方は、なるほど達者とは言えなかった。

しかし、竜崎は脳味噌が沸騰しそうなほど興奮した。ヴィジュアルがいやらしすぎたからだ。

知的な美女に仁王立ちフェラをさせているだけでも、男心はずいぶんと揺さぶられる。それに加え、翔子の美貌は恥ずかしげに紅潮し、銀縁メガネまでかけているのである。

これほど興奮するフェラチオは初めてだった。男根が芯から硬くなり、大量の我慢汁が噴きこぼれて、翔子の唾液と混じりあう。

「そろそろ咥《くわ》えてくださいよ」

命じると、翔子はいまにも泣きだしそうな顔で竜崎を見上げてきた。許してほしいようだったが、もちろん許すはずがない。

「ほらっ！　さっさとやって……」

竜崎は左手で翔子の髪をつかむと、右手で肉棒を握りしめ、切っ先を口唇にねじりこんでいった。

「んっ、んぐううっ……」

翔子は諦め顔で受け入れたが、竜崎は半分以上咥えこませても、さらに奥まで侵入していった。深々と咥えこませて腰を動かし、ピストン運動を送りこめば、

「ぅんぐうっ！　ぅんぐううううーっ！」

翔子は眼を白黒させて、鼻奥で悶《もだ》え泣くしかない。

たまらなかった。

竜崎は翔子の頭を両手でつかみ、ぐいぐいと肉棒を抜き差しした。知的な美貌を犯すように、喉のいちばん深いところまで穿《うが》っていった。

「むうっ！　むうっ！」

竜崎の鼻息は荒々しくなっていくばかりだった。翔子を足元にひざまずかせた

仁王立ちフェラ——両手で頭をつかんで腰を振りたてているので、もはやほとんどイラマチオだ。

「ぅんぐっ！　ぅんぐぅぅぅーっ！」

勃起しきった男根で喉奥まで突かれている翔子の美貌は真っ赤に染まり、ぎゅっとつぶった両眼から涙をボロボロこぼしている。

（ちょっと可哀相かな？）

と思わないこともなかったが、普段の高慢ちきな態度を考えると、手綱《たづな》をゆるめる気にはなれない。

いや、「鬼の女課長」の異名をとるキャリアウーマンをこんなふうに泣かせているのだから、むしろ興奮が高まっていく。

（このまま一回、出しちまおうか？）

二十八歳の竜崎は、精力に自信があった。一度のセックスで二度三度と射精するのは通常運転である。

このまま翔子の口内に発射してしまってもいいし、あえて射精寸前で口唇から引き抜いて、知的な美貌にぶっかけるのも激しく興奮しそうである。

翔子の美しい顔と銀縁メガネを、粘り気のある白濁液でネトネトに汚《けが》すところを想像した。イカくさい男のエキスで美貌を台無しにされた彼女は、烈火のごとく怒るだろうか？　それとも屈辱に泣き崩れるか？

だが竜崎は、

「もういい」

と男根を口唇から引き抜いた。顔面シャワーは興奮しそうだったが、それはフィニッシュのときでもできる。いくら精力があるとはいえ、一度出してしまえば勃起の勢いは低下する。いちばん硬い現在の状態で、翔子を貫きたい。

だいたい、彼女をまだ裸にしていないのだ。ワインレッドのブラジャーは見えているし、そこから白い乳房もこぼれているが、まずは全裸にひん剝いて、垂涎《すいぜん》のヌードを堪能しよう。

「大丈夫ですか？」

うつむいて息をはずませている翔子の背中をさすった。介抱するふりをして服を次々と奪っていき、ワインレッドのパンティ一枚にしてしまう。それも脱がせて全裸にすれば、翔子は呼吸を整えることも忘れて、美しい顔をひきつらせるばかりだ。

「ううう っ……」

乳房や股間を隠すように体を丸めている翔子をあお向けに横たえ、竜崎は馬乗りになった。眼下で隆起している双乳をすくいあげて、やわやわと揉みしだく。

「うっく……んんっ……」

くぐもった声をもらす翔子はまだ、メガネをかけたままだった。もちろん、竜崎がわざとはずさなかった。

（こっ、これは想像以上に……）

全裸と銀縁メガネのコラボがいやらしすぎて、むさぼり眺めずにはいられない。左右の胸のふくらみにぐいぐいと指を食いこませると、メガネの下で双頰がねっとりと紅潮していく。

「ああっ！」

赤い乳首をつまんでやると、知的な美貌が淫らに歪んだ。

アラフォーのキャリアウーマンにしては、翔子はおぼこい。十年近くセックスから遠ざかっているなら、それも当然かもしれない。

だが、性欲も性感の発達も熟女のそれのようだった。いやらしいほど尖りきった乳首をいじりまわしていると、きりきりと眉根を寄せ、ハアハアと息をはずませはじめた。

「あああっ……はぁあああっ……くぅうう—っ！」

竜崎が左右の乳首を交互に吸いたてはじめると、翔子のあえぎ声はとまらなくなった。馬乗りになっている下で、熟れきった悩殺ボディを激しくよじらせ、喜《き》悦《えつ》の海に溺れていく。

（たまらないな……）

竜崎は物欲しげに尖りきった乳首を吸ったり舐めたり、時には甘噛みまでして愛撫しながら、内心でほくそ笑んだ。

仁王立ちフェラも興奮したが、ひとまわりも年上の知的なキャリアウーマンをあえがせていると、支配欲が満たされる。こちらはしがないデリバリードライバーなのに、セックスとなればイニシアチブを握り、女をとことん恥ずかしい目に遭わせることができる。

（そろそろ頃合いか……）

唾液にまみれた赤い乳首にいったん別れを告げ、竜崎は後退《あとずさ》っていった。翔子の両脚の間に陣取り、荒ぶる呼吸を整える。

「あああっ……」

両脚をM字に割りひろげていくと、翔子はせつなげな声をもらした。黒い草むら、アーモンドピンクの花びら、セピア色のアヌスまで、女の恥部という恥部が丸見えの格好だ。

しかし、それ以上に竜崎の眼を惹いたのは、太腿だった。タイトミニを穿いて普段からセックスアピールに余念がない翔子の太腿が、裏側をすべて見せていた。すると、ただでさえ量感あふれるむっちりしたその部位が、ますます挑発的に男心を揺さぶってくる。

(エロすぎるだろ……)

竜崎は勃起しきった男根を握りしめた。アラフォーキャリアウーマンのあられもない姿に、男根はズキズキと熱い脈動を刻んでいる。

(待てよ……)

挿入するつもりだったが、気が変わった。腰を振りはじめてしまえば、興奮しきって眼福を充分に味わえなくなってしまうだろう。あともう少しだけ、翔子の恥ずかしいM字開脚を堪能したい。

右手の中指を口に含み、唾液をたっぷりとまとわせた。アーモンドピンクの花びらを左右にひろげ、いやらしいほど蜜が溜まった肉穴の入口を露出する。

「あおっ!」

濡れた肉穴に中指を入れると、翔子は眼を見開いた。だがすぐに瞼《まぶた》を落とした薄眼になり、息をとめる。

（よく締まるな……）

竜崎は中指を動かしはじめた。内側にびっしりと詰まっている肉ひだを念入りに掻き混ぜてから、指を鉤状《かぎじょう》に折り曲げる。上壁にあるざらついた凹み――Gスポットを探りだし、ぐっと押しあげてやる。

「あおおおーっ！」

翔子は首に筋を浮かべ、肉づきのいい太腿をぶるぶると震わせた。ぐっ、ぐっ、ぐっ、とリズムをつけて凹みを押せば、せつなげに身をよじりだす。リズムに合わせて腰をくねらせ、貪欲《どんよく》に喜悦を嚙みしめる。

「腰が動いてますよ」

竜崎が苦笑すると、

「いっ、言わないでっ！　言わないでえぇっ……」

泣きそうな顔になりつつも、腰の動きは大胆になっていくばかりだ。

竜崎は左手の中指も口に含み、唾液をまとわせた。今度の狙いは、割れ目の上端にある敏感な肉芽である。ぐっ、ぐっ、と内側の凹みを押しながら、外

側にあるクリトリスをねちっこく転がしてやると、

「はっ、はぁおおおおおーっ！」

翔子は獣じみた悲鳴をあげて、ガクガクと腰を震わせた。

「ダッ、ダメッ……そんなのダメッ！」

眼を剝き、すがるように必死に見つめてくる。

「イッ、イッちゃうからっ……そんなのすぐイッちゃうからあああーっ！」

竜崎も手応えを感じていた。肉穴の奥がにわかに潤いを増し、鉤状の中指を抜き差しするたびに、じゅぽじゅぽと卑猥な音がたった。

「ああああっ……」

翔子のやるせない声が寝室中に響き渡った。恨みがましい眼つきで、竜崎を睨んでくる。

Gスポットとクリの二点責めをしていた竜崎が、イク寸前で指を抜き、愛撫を中断したからだった。絶頂に導ける手応えはあった。だからこそ、寸止めで焦《じ》らしてやったのである。

「どっ、どうして？　どうしてっ……」

イキそうだったのに途中でやめるの？　と翔子の顔には書いてある。

竜崎は言葉を返さず、再び右手の中指で女の割れ目に触れた。濡れた入口をいじりまわしては、浅瀬にヌプヌプと指先を入れる。

「んんっ！　くぅうううーっ！」

左手でクリトリスも刺激しはじめれば、翔子は呼吸も忘れて愉悦をむさぼりはじめる。

竜崎は右手の中指を肉穴深く埋めこむと、再び上壁のざらついた凹みを押しあげた。ぐっ、ぐっ、ぐっ、とリズムに乗って刺激しては、左手でクリトリスをこねくりまわす。

「あああっ……はぁあああああっ……」

一度絶頂寸前まで高まっていた翔子は、みるみるボルテージをあげていった。もはやオルガスムスも目前のようで、銀縁メガネをかけた知的な美貌を淫らなまでに紅潮させていく。

「ダッ、ダメダメッ……イッ、イッちゃうっ……イッちゃいそうっ……」

竜崎はもちろんイカせなかった。翔子が来たるべき絶頂を受けとめるために身構えると肉穴から指を抜き、クリトリスを刺激するのもやめた。

「どっ、どうしてっ！」

翔子の声は、もはや悲鳴に近かった。

「どうしてイカせてくれないの？　なんで途中でやめるわけ？」

「イキたいんですか？」

「……イキたい」

翔子は恥ずかしげな小声で言った。

「それなら、イカせてください、ってはっきり言ってもらわないと」

「イッ、イカせて……ください」

高慢ちきなキャリアウーマンの仮面を脱ぎ捨て、素直に絶頂をねだってくる。

「指でいいんですか？」

竜崎は膝立ちになり、臍《へそ》を叩く勢いで反り返った男根を見せつけた。

「こっちを入れたほうが、思いきりイケるんじゃないですかね？」

パンパンに膨張している肉棒を握りしめ、しごきたてながら言う。

「そっ、それは……」

翔子は羞じらいに赤く染まった顔をそむけた。

「そっちのほうが……いいかもしれないけど……」

「じゃあ、はっきり言ってくださいよ」

「いっ、入れて……」

「なにをどこに？」

「意地悪しないでよっ！」

翔子が叫ぶように言う。

「そっ、そんな恥ずかしいこと、言えるわけないでしょうが！」

顔は紅潮したままだが、口調だけは「鬼の女課長」が戻ってくる。

「なにをどこに入れてほしいか言わないなら……」

竜崎は涼しい顔で、女の割れ目をいじりはじめた。興奮に肥厚しきったアーモンドピンクの花びらをつまみ、左右にひろげていく。

「やっ、やめてっ！」

翔子が泣きそうな顔で見つめてくる。

「言わないなら指ですよ。でもまた、途中でやめられちゃうかもしれませんね、ククク……」

竜崎に卑猥な笑みを浴びせられ、知的な美貌が限界まで歪みきっていく。

4

「あああっ……はぁあああっ……」

ぴちゃぴちゃと猫がミルクを舐めるような音をたてて肉穴の入口をいじられている翔子は、腰をくねらせてあえいでいる。

だが、銀縁メガネをかけた彼女の顔には、不安しか浮かんでいない。イキそうになってもどうせまた途中でやめられるのだろうと、怯《おび》えきっている。

「ねえ、お願いっ……もう焦らさないでっ……イキたいのっ……イキたくてイキたくて、おかしくなりそうなのっ……」

「イカせてあげますよ。素直になるなら」

竜崎は女の割れ目から手を離し、大蛇のように屹立している男根を握りしめる。しごきたてれば滲じみた我慢汁が包皮の中に流れこみ、ニチャニチャと卑猥な音をたてる。

「あああっ……」

翔子が銀縁メガネの奥で眼を見開く。そそり勃った男根に熱い視線を注ぎこんでは、それが欲しいと身悶える。

「ほら、なにをどこに入れてほしいんですか？」

竜崎は口調を強めた。

「言わないと、自分で出しちゃいますよ。いいんですか、それで？」

ニチャニチャ、ニチャニチャ、という卑猥な音が高まり、

「いやよ、そんな……」

翔子は泣きそうな顔になった。

「いっ、入れてっ……入れてちょうだいっ……」

「だから、なにをどこに？」

翔子は身も世もないという顔をしたが、それが最後の抵抗だった。

「オッ、オチンチン……」

羞恥に震える声で言った。

「オッ、オチンチン、入れて……」

「どこにですか？」

「……オッ、オマッ……オマッ……」

「はっきり言わないと、おあずけですよ」

「オッ、オマンコッ！　オマンコにっ……翔子のオマンコに、オチンチン入れ

て、あああっ……」

「いやらしいなあ」

竜崎は勝ち誇った笑みをこぼすと、握りしめた男根の切っ先を濡れた花園にあてがった。

「曲がりなりにも一流企業で管理職についているキャリアウーマン……それも鬼の女課長の異名をもつような人が、オマンコなんて言っていいんですか？」

腰を前に送りだし、ずぶっ、と亀頭を埋めこむと、

「はぁううーっ！」

翔子は白い喉を見せてのけぞった。

「むうっ！」

竜崎は翔子の中に、ずぶずぶと入っていった。奥の奥までよく濡れているのに、締まりも抜群な極上の肉穴だった。

「ああっ……はぁあああっ……」

翔子は呆《ほう》けたような眼つきでこちらを見つめながら、長い両脚を竜崎の腰にからみつけてきた。早く動いての催促だ。

ならば、と竜崎は腰を動かしはじめた。まずはゆっくりとグラインドさせ、肉

と肉とを馴染ませる。それから、ピストン運動だ。こちらもあわてず、ゆっくり抜いては、ゆっくり入り直す。

「ああああっ……はぁああああっ……」

翔子が両手を伸ばしてきたが、竜崎は抱擁《ほうよう》には応えなかった。眼下の眺めがあまりにいやらしすぎたからだ。

腰にからみついている翔子の両脚をつかみ、あらためてあられもないM字に割りひろげていく。その中心に埋めこんでいる男根が、出し入れするたびに発情の蜜を浴びてヌラヌラと光り輝いていく。

正常位で翔子と結合した竜崎は、ゆっくりと腰を動かしながら男女の性器の結合部をむさぼり眺めた。

勃起しきった男根に吸いついては巻きこまれていくアーモンドピンクの花びらが卑猥だった。いつまでも見ていられそうだったが、

「ねえっ……ねえっ……」

翔子が両手を伸ばしてしつこく抱擁をねだってくるので、しかたなく上体を覆い被せていった。

「ぅんんっ！」

抱きしめると、お互いの唇と唇が吸い寄せられるように密着した。昂《たか》ぶる吐息をぶつけあいながら舌と舌とをからめあえば、むさぼるようなディープキスに発展するまで時間はかからない。

（たまらないな……）

翔子は、まだ銀縁メガネをかけたままだった。いつはずしてやろうかと思いを巡らせつつ、竜崎はピストン運動のピッチをあげていく。

「あううう－っ！」

ずんずんっ、ずんずんっ、と最奥《さいおう》を突きあげると、翔子はキスを続けていられなくなった。閉じることのできなくなった唾液まみれの口をあわあわさせていたが、驚いたことに下から腰を使ってきた。

もちろん、正常位で下になっているのに自分も動きたがる女はいる。たいてい腰をもじつかせる程度だが、翔子は違った。クイッ、クイッ、としゃくるような動きで、大胆に股間をこすりつけてくる。

「ああっ、いいっ！　すごいいい－っ！」

知的な美貌を欲情に蕩けさせてあえぎにあえぐ翔子は、まさしく獣のメスだった。彼女の頭の中はもう、オルガスムスだけに占領されているようだ。

意地悪がしたくなった。女が勝手に感じまくっていると、冷や水をかけたくなるのが男という生き物なのだ。

「いやらしいですね」

熱っぽい吐息とともにささやいた。

「下になってるのに、こんなに腰を使う女は初めてですよ」

「言わないでっ！」

翔子はいまにも泣きだしそうな顔で叫んだ。

「わっ、わたしだって、好きで動かしてるわけじゃ……」

「じゃあ、どうして動いているんですか？」

「こっ、腰が勝手にっ……あああっ！」

翔子が悲鳴をあげた。彼女がかけている、彼女の象徴とも言える銀縁メガネを、竜崎がはずしたからである。

「へええ、綺麗じゃないですか。メガネ美人だとは思ってましたけど、素顔もなかなか麗《うるわ》しい……」

竜崎は無防備になった翔子の美貌をまじまじと眺めた。綺麗と言ったのは嘘ではなかった。切れ長の大きな眼、すっと通った鼻筋、薔薇《ばら》の花びらのような唇……しかし、きゅうっと眉根を寄せて瞳を潤ませ、眼の下を生々しいピンク色に染めていては、美しさよりもいやらしさのほうが際立ってしまう。

「よく見せてくださいよ。ずっと年下の男にチンポ入れられてよがっている鬼の女課長の顔を」

「いやっ！　いやっ！」

翔子は髪を振り乱して首を振りつつも、下から腰を動かしてくる。勃起しきった男根を咥えこんでいる股間を、ひときわいやらしくこすりつけてくる。

「ねっ、ねえ……」

わなわなと唇を震わせながら、すがるような眼を向けてきた。

「……抱っこして」

「えっ？」

竜崎は、一瞬意味がわからなかった。

「あなたが座って、わたしが上に……」

どうやら、対面座位をご所望《しょもう》らしい。

正常位で翔子に覆い被さっていた竜崎は、そのまま彼女の体を起こし、対面座位に体位を移行した。

（こんなのあんまりやらないんだけど……）

竜崎の心中は複雑だった。対面座位なんてとくに思い入れのある体位ではなかったからだ。経験したこと自体がほとんどない。

とはいえ、相手が望むなら無下には断れなかった。それに、多少なりとも期待もあった。アラフォー熟女である翔子は、自分が動きたいタイプらしいから、思う存分動いていただきたい。

「あああっ……」

男の上にまたがる格好になった翔子は、早速眉根を寄せて情感あふれる声をもらした。結合感を嚙みしめるようにまずはゆっくりと腰をまわし、それから股間をしゃくるように振りたててくる。

クイッ、クイッ、と音でも聞こえてきそうな勢いで動いては、

「あああーっ！　はぁあああーっ！」

と一足飛《いっそくと》びにあえぎ声を甲高くしていく。

（いやらしい女だ……）

竜崎は内心でニヤつきながら、翔子の双乳を両手ですくいあげた。女が上にまたがっている対面座位では、乳房がちょうど男の顔の前にくる。形よく迫りだし

ている美乳を揉みしだきながら左右の乳首を口に含めば、翔子はもう、あられもなく乱れていくことしかできない。

「ああっ、いいっ！　すごいいいーっ！」

あえぎながら、すがるような眼を向けてきた。

「イッ、イキそうっ……イッてもいい？　イッてもいいよね？」

ずちゅっ、ぐちゅっ、と卑猥な肉ずれ音を撒き散らしながら訊ねてきたので、

「いいですよ」

竜崎は左右の乳首をぎゅうっとひねりあげた。

「はっ、はぁうううううううーっ！」

翔子は白い喉を突きだしてのけぞると、フルピッチで股間をしゃくってきた。勃起しきった男根をへし折りそうな勢いで性器と性器をこすりあわせては、念願のオルガスムスに向かって駆けあがっていく。

「イッ、イクッ！　もうイッちゃうっ……イッちゃう、イッちゃうっ……はっ、はぁああああああーっ！」

ガクガクと腰を震わせて、絶頂に達した。いやらしいほど身をよじらせて、体中の肉という肉をぶるぶると痙攣《けいれん》させて、肉の悦びをむさぼり抜いた。

「あああっ……あああああっ……」

イキきった翔子が余韻に移行すると、竜崎は彼女を抱えながらもぞもぞと動きだした。対面座位では、さすがに下から突きあげるのは難しい。

「えっ？　ええっ？」

紅潮しきった翔子の顔に、戸惑いが浮かぶ。

「なっ、なにをするの？　あああーっ！」

翔子が悲鳴をあげたのも、無理はなかった。竜崎は彼女の両脚を下から抱えながら、ベッドからおりたのである。

立っている男に女がしがみついている、いわゆる駅弁スタイル――体力と筋力に自信がある二十八歳の竜崎は、その滑稽にしてアクロバティックな体位を得意としていた。

「やっ、やめてっ……おろしてっ……怖いっ……」

翔子は駅弁スタイル初体験のようだったが、

「大丈夫ですよ」

竜崎は笑顔で受け流しつつ、アクメの余韻で熱くなっている翔子の脚をきつく抱きしめた。

5

駅弁スタイルを楽しむコツはふたつある。強く抱きしめあって、男女の体を密着できるところまで密着させること。そして、重力を味方につけることである。間違っても、下から突きあげようとしてはいけない。そうではなく、女体を浮きあがらせるだけでいい。それも無理せず、軽く浮かす程度で充分だ。重力によって、女体は勝手に落ちてくる。そして、勃起しきった男根で深々と貫かれる。

「はっ、はぁうううううううーっ！」

二、三度浮きあがらせただけで、翔子は半狂乱でよがりはじめた。

「あっ、あたってるっ！　いちばん奥にあたってるうううーっ！」

駅弁巧者《ごうしゃ》の竜崎は、もちろんそれを狙ってやっていた。男根の先端で、コリコリした子宮をこすりあげるのだ。

子宮を刺激されることで得られる快感は、通常のピストン運動より、深く濃いらしい。男にはなかなかわかりにくい感覚だが、翔子の反応があきらかに変わったことには満足していた。十歳以上年上である鬼の女課長を半狂乱でよがり泣かせるなんて、支配欲が満たされてしようがない。

「あぁっ、ダメッ……こんなのすぐイッちゃうっ……すぐイッちゃうからあああーっ！」

　メガネをはずした裸眼に涙を浮かべ、翔子が哀願してくる。

「こんなドスケベな体位でイッちゃうんですか？　さっきイッたばかりなのに、またイクんですか？」

　竜崎は言いながら、翔子の体をユサユサと揺する。下に落ちてくれば肉穴は男根に串刺しにされ、いちばん奥にある子宮がしたたかにこすられる。

「あああぁーっ！　ダメッ……ダメえええっ……」

　翔子は完全に号泣していた。涙がとまらない。

「おっ、奥がいいっ！　奥がよすぎるっ！　イッ、イッちゃうっ！　もうイッちゃうっ！　イクイクイクイクイクーッ！」

　宙に浮いている体をビクンッ、ビクンッと跳ねさせて、翔子は絶頂に達した。駅弁スタイルに体位を変更してから、あっという間の出来事だった。

　竜崎にはまだ余裕があった。翔子を抱えている両腕はもちろん、射精もそれほど近くない。

「ダッ、ダメッ！」

翔子が焦ったように眼を見開く。竜崎が再び、彼女の体を揺すりはじめたからだ。

「ダメダメッ……もうイッてるからっ！　イッたばっかりだからっ！」

女は一度のセックスで複数回の絶頂に達することができる。だが、イッた直後は体が敏感になりすぎていて、刺激をしても気持ちがいいというよりくすぐったいらしい。

わかっていたが、竜崎はあえて翔子の体を揺すりたてた。軽く浮かしては重力によって深々と貫き、亀頭で子宮をこすりたてる。

「いやあああああーっ！」

いくら悲鳴をあげたところで、駅弁スタイルで抱えられていては抗《あらが》うことなどできない。暴れたりしたら落ちてしまうから、揺すられようが浮かされようが、竜崎の首根っこにしがみついているしかない。

「ダッ、ダメだからっ……そんなにしたらダメだからっ……ああっ、ダメなのにイッちゃうっ……またイッちゃううううーっ！」

翔子はのけぞり、続けざまの絶頂に達した。

「……あふっ」

翔子をベッドにおろした。駅弁スタイルで立てつづけにイッた彼女は、ぐったりと脱力して開いた両脚を閉じることさえできなかった。

(今度はこっちが楽しませてもらう番だな……)

竜崎は額の汗を拭いながら、胸底でつぶやいた。五度連続でイカせたので、さすがに全身汗みどろだったが、運動で汗を流すのは嫌いではない。

「いつまで休んでいるんですか」

乳房や陰毛を隠すこともできないままハアハアと息をはずませている翔子の体を反転させ、四つん這いにした。いまはもうメガネをかけていないけれど、知的なキャリアウーマンにして、鬼の女課長の異名をとる翔子とのフィニッシュは、ワンワンスタイルと心に決めていた。

「ククク、可愛いですよ。恥ずかしいところ全部丸出しにして」

突きだされたヒップの中心――桃割れの間からアーモンドピンクの花びらが見えていた。それを指でいじりたてつつ、腰を寄せていく。翔子はベッドの上で四つん這いになっているが、竜崎は床に立ったまま濡れた花園に男根の切っ先をあてがっていく。

ずぶっ、と亀頭を埋めこむと、

「はっ、はぁうううううーっ！」

翔子はくびれた腰を限界まで反らせて、獣じみた声をあげた。

まさに獣のメス——鬼の女課長をそこまで堕《お》としたことに満足しながら、竜崎は彼女の尻の双丘を両手でつかみ、ピストン運動を開始した。

ぬんちゃ、ぬんちゃっ、と粘りつくような肉ずれ音をたてて、勃起しきった男根を抜き差しする。駅弁スタイルほど深くは突けないが、女が感じる場所は一箇所ではない。あたる場所が変われば、新鮮な刺激が訪れる。

「はぁうううーっ！　はぁうううーっ！」

悠然としたピッチで腰を振りたてる竜崎を尻目に、翔子は手放しであえぎにあえいでいた。竜崎はつかむ場所を尻の双丘からくびれた腰に変え、引きつけるような連打を打ちこむと、ひいひいと喉を絞ってよがり泣いた。

「ああっ、すごいっ！　すごすぎるうううーっ！」

シーツを両手でぎゅっとつかんでは、尻から太腿にかけて淫らなまでに痙攣させる。

「はぁああっ、またイキそうっ……またイッちゃいそうっ……」

「いやらしいなっ！」

スパーンッ！　と乾いた音をたてて、竜崎は翔子の尻を叩いた。

「ひいいっ！」

「いくらなんでも、自分ばっかりイキすぎでしょ。少しは慎み深いところを見せてくださいよ」

スパーンッ！　スパパーンッ！　と尻を叩いては、勃起しきった男根を抜き差しする。年上の知的な美女をスパンキングしている興奮に、腰の動きが熱を帯びていく。気がつけばフルピッチで怒濤の連打を送りこんでいた。

熱狂が訪れた。

頭の中を真っ白にして一心不乱に腰を振りたてていると、みるみる射精の前兆が迫ってきた。

「でっ、出るっ……もう出るっ……」

額に汗を浮かべながら竜崎は口走る。

「だっ、出してっ！　わたしピル飲んでるから、中に出してえーっ！」

翔子が叫ぶように言ったので、竜崎は口許に笑みを浮かべた。

「でっ、出るっ……もう出るっ……おおおっ……うおおおおおおーっ！」

雄叫《おたけ》びをあげて最後の一打を打ちこむと、ドクンッ、と下半身で爆発が起こった。カチカチに硬くなった男根の芯に灼熱《しゃくねつ》が走り抜け、衝撃の快感が体の芯から手脚の先まで痺《しび》れさせる。

「おおおっ……おおおおっ……」

竜崎はうめくような声をもらしながら、ドクンッ、ドクンッ、と射精を続けた。翔子の望み通り、煮えたぎるように熱い男の精を、肉穴のいちばん深いところに注ぎこんでやった。

第五話　隣の女

1

こんな還暦になるとは夢にも思っていなかった。

子供のころ、六十歳の男といえば、「ご隠居」といった感じのおじいちゃんであり、祖父が赤いちゃんちゃんこを着て大勢の孫に囲まれ、照れくさそうに笑っていた姿が記憶に残っている。

自分がそういうふうに祝われる日がくることを想像できなかったのは、子供ができなかったせいだろうか？　あるいはもはや、赤いちゃんちゃんこなんて古い時代の遺物であり、現代社会にはそぐわないからか……。

杉山弥市《すぎやまやいち》の人生は、還暦を機に大きく転換した。

三十八年間勤めていた印刷会社を定年退職し、郊外にあった一戸建ての自宅を売却して、交通の便のいい都心のアパートに引っ越した。

還暦を迎える二年前、大学生のころから付き合っていた妻に先立たれた。癌《がん》だった。発見されたときはすでに末期で、医者には手の施《ほどこ》しようがないと言われ、入院して三週間ほどで呆気《あっけ》なく亡くなってしまった。あまりにあっという間の出来事だったので、悲嘆に暮れることもできなかったくらいだ。

妻との間に子供はなく、両親はどちらもとっくに亡くなっていた。血を分けた兄弟もおらず、親類縁者との付き合いもなかったから、妻を失った弥市は天涯孤独になった。

さらに、仕事と自宅をほぼ同時に手放して都心のアパートでひとり暮らし——六十年間、自分なりに一生懸命、誠実に生きてきたつもりだが、この手に残ったものはさして潤沢《じゅんたく》とは言えない、老後の資金くらいだった。

べつに悲しくもなければ悔しくもなかった。少しはそういう気分になるかもしれないと思っていたが、逆に清々《すがすが》しかった。新居であるアパートについている風呂は小さく、そのかわり近くに銭湯があったので、まだ陽の高いうちから手ぬぐいをぶらさげて湯を浴びにいくような毎日を送っていると、天衣無縫《てんいむほう》な素浪人《すろうにん》にでもなったようないい気分だった。

元より人付き合いが苦手だった弥市には、友達もいない。

だが、ひとりでいることがまったく苦にならず、数日間誰とも口をきかなくてもまるで平気だ。友達と呼べる存在があるとすれば、それは酒だった。友達というより相棒と言ったほうがいいだろうか。酒さえあれば、いくらでもひとりでいることができる。

若いころから無類の酒好きで、毎日欠かさず飲んでいた。もちろん、仕事をしているときにまで飲むような依存症患者とは一線を画《かく》すが、定年退職をすると昼酒の味を覚えてしまった。

いや、昼酒どころか、朝眼を覚ました瞬間に、缶チューハイをプシュッと開ける。酒好きではあっても酒乱ではない弥市は、とにかくダラダラ飲みつづける。朝の情報番組をハシゴしながら飲み、読みかけの本を開いては飲み、腹が減れば近所のスーパーに行って総菜を買ってきてそれをつまみながら飲み、満腹になれば昼寝を決めこみ、眼を覚ますとだいたい銭湯が開く午後四時。

ひとっ風呂浴びてさっぱりすると、口開けの赤ちょうちんの暖簾《のれん》をくぐって、本格的に飲みはじめる。まずはビール。冷えたビールで渇いた喉を潤したあとは、焼酎のオン・ザ・ロックが定番だ。弥市に酒の好き嫌いはない。料理に合わせて日本酒でもワインでも紹興酒《しょうこうしゅ》でもたしなむし、バーやスナックに河岸《かし》を移せばウイスキーやブランデーだっておいしくいただく。ひとり暮らしを始めてから、もうそんな生活を半年くらい続けている。

「ねえ、あなた。もう年なんだから、いい加減体のことも気遣ってください」

酔いが深まるとよく、妻の声が耳底に蘇ってきた。ご指摘はごもっともなので、言われれば酒量を少々加減したが、その妻ももうこの世にはいない。自分の体を気遣ってくれる人間は、もうどこにもいないのだ。

こんな生活を続けていれば、遅くてもあと二、三年で大病を患《わずら》って死ぬだろう――そういう自覚が、弥市にはあった。アパートの部屋で孤独死だ。だがいったい、それのどこがいけないのだろう？　弥市はもう充分に生きたのだ。

新卒で入社した会社で定年まで勤めあげ、処女と童貞で付き合いはじめた妻の最期を看取った。こちらはもう少しだけ馬齢《ばれい》を重ねそうだが、添い遂げることができたと言っていい。

弥市にはこれといった趣味もなく、この世に未練はなにもなかった。やりたいこともなければ、やり残したことも思いあたらない。

となれば、妻亡きこの世に残された唯一の相棒と、余生をしみじみ嚙みしめるだけだった。相棒と心中することになりそうだが、それでいい。酒はちっとも悪くない。むしろ、酒だけが孤独な心を慰めてくれる。酔ってぼうっとしていれば、思いだすのは楽しい記憶ばかりだった。逆に酔っていないと、嫌な思い出ばかりが頭に浮かんでくるから不思議なものである。

2

トントン、と扉が叩かれた。

家賃の高くないアパートとはいえ、さすがにインターフォンくらいはついているのだが、弥市は電源を切っていた。礼儀を知らないセールスマンや勧誘員の類《たぐ》いに、ひとりの時間を邪魔されたくないからである。

弥市に用事があって、この部屋を訪れる人間などいない。通販を利用することもないから、宅配便の配達員だってやってこない。

だが……。

ここ最近、夜が深まるその前に、扉をノックする者がいた。弥市も弥市でそれを心待ちにしており、風呂上がりの一杯は赤ちょうちんで切りあげて、バーやスナックに流れることなく、部屋に戻って待っている。

扉を開けると、女がひとり、立っていた。三段重ねにしたタッパーを両手に持ち、恥ずかしそうにもじもじしている。

「すいません……またおかずつくりすぎちゃったから……」

隣の部屋の女だった。

三カ月ほど前に引っ越してきた。名前は小坂華絵《こさかはなえ》。年は四十前後だろうか？　いまふうに言えばアラフォーというやつである。

引っ越してきたときに挨拶に来たのが初対面で、名前のわりに地味な感じの女だなと思った。飾り気のないパーカーに綿のズボンだったせいもある。愛嬌のあるタヌキ顔は可愛らしいのだが、ひどくおどおどしていて、決して眼は合わせず、三分くらいは玄関で立ち話をしていたはずなのに、名前を名乗り合った以上に話は進展しなかった。

普通なら、このあたりの住み心地とか、安いスーパーや飲食店の情報を訊いてくるものだと思うが……。

もっとも、一日中酒を飲んでいる弥市はそのときも泥酔していて、眼が据わり、呂律《ろれつ》もあやしかったはずだから、怖がらせてしまったのかもしれない。

だが数日後、華絵はどういうわけか料理をタッパーに入れて持ってきてくれた。つくりすぎてしまったと言っていたが、弥市は衝撃を受けた。

弥市が子供のころ——昭和三十年代から四十年代にかけての下町では、近所でおかずのお裾分《すそわ》けをしあうのは普通のことだった。おかずどころか、米とか醤油とか冷えたビールとか、そういうものさえ貸し借りしていた。

令和の世の中ではすっかり廃《すた》れてしまった風習だと思っていたのに、東京砂漠の真ん中でそんなものに出くわすとは思ってもみなかった。

弥市はありがたくいただいた。タッパーに入っていたのは、里芋の煮っ転がしや炒《い》り豆腐やナスの煮浸《にびた》しで、弥市の好物ばかりだった。おかげで酒がはかどり、その日は酔いつぶれて畳の上で寝てしまった。

もちろん、もらいっぱなしですませてしまうほど、弥市は常識のない人間ではなかった。わざわざデパートまで行ってとらやの羊羹《ようかん》を買い求めてくると、洗ったタッパーを返却するついでに差しだした。

「やだ。本当につくりすぎただけだったのに……こんな高価なもの、いただけません」

「いやいや、ご遠慮なく。気の利いたお礼の品が思いつかなかったので、営業マンの手土産みたいなものになっちゃって、申し訳ないですが……」

それから三日後くらいに、華絵はまた、タッパーに入ったおかずを弥市のところに持ってきた。

「もう高級和菓子のお返しなんていいですから……」

華絵は言い訳がましく言葉を継いだ。

「わたし、どうしてもお料理をつくりすぎてしまうんです。つくる前って、お腹がすいているじゃないですか？　だからだと思うんですけど、つくりすぎたのを全部食べたら……太っちゃうし……かといって捨てるのはもったいないし……」

「なるほど」

弥市はうなずいた。

「それなら遠慮なくいただきましょう。あなたの料理は、そのへんの居酒屋よりおいしいくらいだから、余ったらいつでも持ってきてください」

それ以来、華絵は三、四日に一度くらいの割合でつくりすぎた料理を持ってきてくれるようになった。彼女の料理がおいしいというのはお世辞ではなかった。味つけや火の入れ方が絶妙なうえ、レパートリーも多い。何度お裾分けをされても、同じ料理がタッパーに入っていたことはない。

（お返しはいいと言われてもなあ……）

弥市は年長の男として、ひどく決まりが悪かった。お礼がしたかったが、値の張る手土産では恐縮させてしまうようだから、となると……。

「華絵さん、お酒はいけるクチですか？」

ある日、いつものようにタッパーに入った料理を持ってきてくれた隣人に、弥市は訊ねた。

「それは……どういう意味でしょうか？」

華絵は眼を泳がせ、しどろもどろになった。

「いえね、いつもいただいているもの、なんとなくごはんのおかずというより、お酒のつまみっぽいものばかりだなと思いまして」

「ああ……」

華絵は苦笑した。

「言われてみればそうですね。やっぱり、一日の終わりにはお酒をちょっと飲みたいというか……夜にお米は太るので、お酒とおつまみだけですますことが多いんです」

「やっぱり」

弥市は笑みをこぼした。

「いけるクチなら、お礼に今度一杯ご馳走させてください。やっぱりその、いつもいただいてばかりじゃ申し訳ないし、実のところ、最近じゃ華絵さんの料理を楽しみにしている僕もいるわけですよ」

「嬉しい」

華絵は両手を合わせて噛みしめるように言った。

「喜んでいただけているなら、それで充分満足です。だからその、お礼にご馳走とかそういうのは……」

「じゃあ、お金を払います。食材を買うのだってタダじゃないでしょ？」

「そんな……お金なんてもっと困ります」

話しあいの結果、ふたりは後日、近所の店に飲みにいくことになった。弥市は見栄を張って寿司割烹《すしかっぽう》の店を予約した。個室に通されたのは店の都合だ。弥市が求めたわけではないが、カウンター席はいっぱいだというので、しかたなく座敷の席で華絵と向かい合った。

ふたりきりの個室でしっぽり差しつ差されつ、というふうにはならなかった。お互いに緊張していたから、最初の一時間くらいは会話もはずまず、運ばれてきた料理を黙々と食べていた。

ただ、華絵は酒が弱いようだった。お銚子を三、四本空けるころになると、ふっくらした頬を桜色に染め、身の上話をする余裕も出てきた。

「わたし、バツイチなんです……十年以上連れ添った夫がいたんですけど、若い女と浮気されて……子供もいなかったからあっさり離婚……こっちに親戚がやっている経理事務所があるから、そこの手伝いをすることになったんですけど……資格をとって将来に備えなさいとか言われても、全然やる気が出なくて……」

離婚のダメージがかなり深いらしい。

「杉山さん、ご家族は？」

「僕は……妻がいましたけど、二年半前に亡くしました」

華絵の顔に暗い影が差したので、

「いやいや、僕はもう吹っ切れているんです。妻が亡くなった後、会社も定年退職になったんで、持ち家を売って身軽になって、いまは気楽に生きてますよ。いい歳してアパートでひとり暮らしなんてどうかな？　とも思いましたが、意外や意外、これがあんがい快適で」

「わたし……」

華絵は長い溜息をつくように言った。

「離婚してとってもせいせいしてました。夫は家のことはなにもしない人でしたから、とにかく手がかかって……そこから解放されて、やったー、自由の身になったーって……」

「再婚とかは考えないんですか？」

華絵はとんでもないとばかりに首を横に振った。

「もう懲《こ》りごりです。考えれば考えるほど、わたしにとって結婚生活って苦痛でしかなかった……浮気男とやり直す気だってありませんでしたけど、でも、なんて言うんだろう……いちおうは神様の前で永遠の愛を誓って、一緒になったわけじゃないですか？　そのときは永遠を信じたわけじゃないですか？　そんなものなかったんだなって思うと、なんかもう、すべてが虚しくて……」

「……なるほど」

弥市は唸《うな》るようにうなずき、日本酒を呷《あお》った。余計なことは言わないでおこう、と自分を律していた。

いまどき離婚なんて珍しくないし、モラルのない夫に三行半《みくだりはん》を突きつけるのは当然の振る舞いだと思うが、そんな月並みのことを言ったところで、華絵は少しも救われないだろう。

3

それから、弥市と華絵はよく一緒に酒を飲むようになった。

といっても、値の張る寿司割烹に行ったのは最初だけ——その後は弥市の部屋で、華絵がつくってくれた料理をつまみに飲んでいる。

建前上は、華絵が料理をつくりすぎてしまった日に小さな酒宴が開かれることになっていたが、実際には、弥市のためにわざわざつくってくれることも少なくないはずだ。次は何曜日に来ますね、と予告してやってくるのだから……。

「全然気にしないでください。だってほら、料理なんてひとりぶんつくるのもふたりぶんつくるのも一緒だし……」

そういう台詞《せりふ》を、華絵は真っ赤になってうつむきながら言った。バツイチのアラフォーにもかかわらず、ずいぶんとウブな女だと弥市は思った。

セックスをしたことがあるのは亡くなった妻ひとりだけだけれど、そんな弥市でも、高校生のころは淡い恋をして、友達以上恋人未満のような異性がいたことがある。

学校帰りに喫茶店でコーヒーを飲む程度の付き合いだったが、なにしろこちらは向こうを異性として意識しているし、その感情をどうやって伝えればいいかもわからないしで、会話ははずまず、空気はぎくしゃくし、視線が合うたびにお互い眼をそらしたものだ。

華絵と一緒にいると、そんな情けない青春のひとコマが思いだされた。華絵がウブな女なら、弥市は奥手な朴念仁《ぼくねんじん》――女を気持ちよくさせるような、気の利いた台詞ひとつ吐けない。還暦になってもまるで成長していない自分に苦笑がもれ、酒という頼りになる相棒がいなければ落ちこんでいたかもしれない。

弥市の部屋は2DKで、ダイニングキッチンは板張りだが、他の二部屋は畳敷きだった。そのうちのひとつを居間として使い、丸いちゃぶ台を置いてある。置くだけで昭和の雰囲気が漂ってくるちゃぶ台が懐かしく、中古家具店で見つけるなり衝動買いしてしまった。

その日、弥市の部屋のちゃぶ台には、筍《たけのこ》の土佐煮、蛸《たこ》と春菊の酢の物、山芋の磯辺焼きなどが並んでいた。もちろん、すべて華絵の手づくりだ。小料理屋めいたおつまみメニューに、いよいよ磨きがかかってきている。

酒は弥市が用意した。とっておきの芋焼酎「白玉《しらたま》の露《つゆ》」だ。

「ああっ、なんだか酔ってきちゃった……」

華絵は桜色に染まった双頬《そうきょう》を両手で包んだ。

「もともとそんなに強くないんですけど、弥市さんと飲むと、お酒のまわりが早い気がします」

そうだろう、そうだろう、と弥市は内心でうなずいた。華絵も華絵で、この思春期の男子女子のようなぎくしゃくした空気に耐えきれず、飲まずにいられないのである。

「いいじゃないですか。どんどん飲んでください。酔って千鳥足になっても、隣の部屋に住んでいるんだから心配ない……」

弥市は華絵のグラスを取り、芋焼酎の水割りをつくってやった。

「それに、酔った華絵さんは素敵ですよ。いつもより色っぽい……」

さしたる考えもなく、なんの気なしに言ったのだが、華絵の眼つきが変わった。桜色に染まった双頬を焼いた餅のようにふくらませ、こちらを睨《にら》んできた。

「色っぽくないですよ、わたしなんて」

「どうして？　アラフォーといえば女ざかりじゃないですか」

華絵はふくれっ面のまま視線をさまよわせ、やがて、恨みがましい眼を向けてきた。

「おまえは色っぽくないって……いつも言われていたから……」

「誰に？」

「別れた夫です」

「それは……ひどいねえ……」

華絵に同情しつつも、元夫の言いたいこともわからないではなかった。彼女は今日、オフホワイトのパーカーにベージュの綿パンという装いだった。初対面のときからそういう格好しか見ていないので、それが普段着なのだろう。

いい歳をした大人の女が、普段着にセクシーを取り入れるのは異常である。誰だってパーカーやジャージのようなもので生活しているのが普通だろうが、それを不満に思う男は少なくない。

うちのかみさん、結婚した途端にだらしない格好しかしなくなってさ——というやつである。

もちろん、女の側には言い分があるだろう。お気に入りのワンピースで家事をしていて、汚してしまったら困るだろうし、おしゃれというものは元来、外出のときにするもので家の中でするものではない。

「でも、いいんです……自分でもわかってますから……わたしなんて色っぽくないし……だから、夫を若い子に寝取られたし……」

華絵は芋焼酎の水割りを飲んでは、ブツブツとひとり言のようにつぶやいている。いやに自虐的になっているのが気になった。

「そんなに卑屈になるもんじゃないさ。浮気をしたのは、ダンナさんが悪い。キミはまったく悪くない」

「それじゃあ……」

華絵は唇を尖らせて、上眼遣いを向けてきた。

「弥市さん、わたしに欲情します？」

「えっ……」

弥市は一瞬、言葉を返せなかった。こちらが思っているより、華絵は酔っているのかもしれなかった。彼女とシモの話をしたことはいままでないし、なにしろ酒がまわるまでは思春期の男子女子なのである。

「ほーら、やっぱり」

弥市が答えられないでいると、華絵は鬼の首を取ったように言った。

「わたしみたいな女には、弥市さんだって欲情しないでしょ？」

「いや、それは……」

「わたしが抱いてくださいって身を寄せていっても、キミみたいな地味なおばさんは願い下げだよって苦笑いするんでしょ？」

「あのねえ……」

弥市は弱りきった顔で溜息をついた。

「僕はキミのことをおばさんだなんては思ってないけど、僕は確実に還暦のおじいちゃんなんだよ。欲情とかそういうのは、もう卒業した」

「本当ですか？」

華絵はどこまでも卑屈で懐疑的だった。

「卒業なんて言って、若い子が言い寄ってきたら君子《くんし》豹変《ひょうへん》するんじゃゃ……」

「しないよ」

弥市はやれやれと首を横に振った。

「じゃあもうはっきり言うけど、勃たないんだ。セックスなんてできないんだよ。だからもういいだろう、卒業で」

「出た！　男の勘違い！」

華絵は大きく口を開けて笑った。眼だけは笑っていなかったが……。

「勃つとか勃たないとか、つまらないことにこだわっている男って、なんていうかもう……わたしも別れた夫によく言われました。今日は飲みすぎたから勃たない、疲れてるから勃たない、眠いから勃たない……勃たないからなんだっていうんですか！」

華絵は怒っていた。別れた夫に対して怒っているのだろうが、あまりに感情的になりすぎて、言葉遣いが露骨になっていた。自分でもそれに気づいたらしく、桜色だった顔が真っ赤に染まっていく。それでも、感情の昂ぶりは抑えられないようで、言葉を継ぐのをやめられない……。

「女はべつに……勃たなくたっていいんです。やさしく抱きしめてくれるだけで……ぎゅっとしてくれるだけでいいのに……勃たないからって、抱きしめてくれない理由になりますか？」

弥市はなにも言えなかった。華絵の言葉は弥市を責めているようで、別れた夫に向けられていた。

男であれ女であれ、やさしくされたいときにやさしくされないのは、なるほどつらいだろう。華絵の気持ちを思うとせつなくてしようがなかったが、だからといって弥市にできることはなにもない。

すると華絵は、おもむろにオフホワイトのパーカーを脱いだ。下はショッキングピンクのTシャツだった。おしゃれでもなんでもなく、スーパーで安売りしているようなものである。

「わたし、脱いだらすごいですよ……」

華絵は意味ありげな眼つきで言うと、じりじりと弥市に近づいてきた。ふたりは丸いちゃぶ台を挟み、向かいあって座っていた。華絵は一八〇度移動してきて、今や、弥市のすぐ隣に陣取った。

「もっと脱いでも、いいですか？」

「いいわけないだろ！」

弥市は一喝した。華絵は酔っていた。いつもの彼女とは思えないほど酔いすぎていたので、彼女のペースに嵌《は》まったら大変なことになりそうだったが、

「お願いします！」

華絵は拝むように両手を合わせて哀願してきた。

「エッチしなくてもいいんです。抱きしめてくれるだけで……できればお互い裸で……布団の上で……」

「どうしてそんなことしたいんだい？」

弥市はうんざりした顔で訊ねたが、華絵は言葉を返してこなかった。唇を引き

結んだまま、ただまっすぐにこちらを見ていた。必死さだけが伝わってくる眼つきをしていたので、弥市はうんざりした顔をしていられなくなった。

どうして裸で抱きあいたいのか？　――訊ねたこちらが馬鹿みたいな質問だった。そんなもの、酒を飲むくらいではやりすごすことができないほど、淋しいからに決まっている。

4

華絵にほだされてしまった弥市は、しかたなく彼女の願いを叶えてやることにした。

のろのろと寝室に移動すると、敷きっぱなしの万年床が眼に入り、心臓がドキンとひとつ跳ねあがった。一緒に飲むのは隣の居間だし、寝室は襖《ふすま》を閉めてあった。だらしない男のひとり暮らしを見られることもないと思っていたが、こんな形で恥をさらすなんて……。

（まあ、いいじゃないか。ハグするだけなら、酔った勢いの悪ふざけみたいなものさ。それで彼女の淋しさがまぎれるなら……）

力を貸すのはやぶさかではなかった。今後とも、華絵といまの関係を継続したい弥市は、気まずい雰囲気になることだけは注意しようと思った。

寝室の照明を蛍光灯からオレンジ色の常夜灯に変えると、華絵はこちらに背中を向け、パーカーを脱ぎはじめた。

やっぱり裸になるのか——弥市は内心で嘆息したが、最初からそういう約束だったのでしかたがない。自分も服や靴下を脱ぎ、ブリーフ一枚になる。

(えっ?)

顔をあげて華絵を見た瞬間、息がとまった。彼女はすでにパーカーとズボンを脱いで、ローズ色の下着姿だった。燃えるようなその色合いも扇情的だったが、露わになったボディラインに視線を釘づけにされた。

蜜蜂のようにくっきりとくびれたウエスト、丸々とふくらんでいるのにキュッともちあがったヒップ、そしてパンパンに張りつめた太腿——いつもゆったりした服を着ているせいで、小太りに近いスタイルだとばかり思っていたのに、全然違った。後ろ姿からだけでも、「脱いだらすごい」が伝わってくる、艶めかしいプロポーションだった。

華絵は自分を抱きしめるように両腕で胸を隠し、ゆっくりとこちらを向いた。女の細腕ではとても隠しきれないほど、ブラジャーのカップが大きかった。つまり、乳房が大きいのだ。

さらに、前から見てもウエストのくびれ具合は見事なものだったし、ローズレッドのパンティがぴっちりと食いこんでいる股間からは、熟れた女のフェロモンがむんむんと漂ってくるようだった。

呆然と立ち尽くしている弥市に、

「よっ、横になりましょう」

華絵が声をかけてくる。弥市はハッとしてうなずいた。掛け布団を剝がし、自分が先に横になった。

「失礼します……」

華絵が身を寄せてくる。弥市の左側に陣取る。肩や腕や太腿に、彼女の生身の肌がぴたっと触れた。しっとりとなめらかで、極上の素肌と言っていい。

「ハグしてもらってもいいですか？」

華絵が遠慮がちに言ってきたので、弥市はまず、彼女の首の後ろに左腕を通した。肩を抱く格好になり、さらに右手でこちらに抱き寄せる。

顔と顔とが、息のかかる距離に接近した。間近で見ると、華絵の顔は意外なほど美しかった。愛嬌のあるタヌキ顔に好印象を抱いていたが、それだけではない。眼や鼻や口や、パーツの一つひとつが綺麗だし、酔っているせいで表情がセクシーだった。

華絵に対してセクシーだなんて思ったことは一度もないが、ねっとりと潤んだ黒い瞳に、桜色に染まった頬、おまけに唇まで半開きだから、挑発的なまでにいやらしい。

「なっ、何分くらいハグしてればいいの？」

弥市が訊ねると、華絵は眉根をきゅっと寄せ、恨みがましく睨んできた。不粋《ぶすい》なことは言わないで、とばかりに……。

「あっ、いや……気がすむまで……心置きなく、どうぞ……」

弥市はひきつった笑みを浮かべて言った。胸の中で、非常事態を知らせるサイレンが鳴っていた。華絵の体がいやらしすぎて、そわそわしはじめている自分が怖い。

生身の女体に触れたのが何年ぶりなのか、頭の中で数えてみる。亡くなった妻とは二十代後半から三十代前半にかけてセックスレスだったが、その後は復活し、五十代になっても月に一、二度は夫婦生活を営んでいた。彼女が病に臥《ふ》せるまでは……。

となると、約三年ぶりということになるのだろうか？

いや、そういう問題ではなく、弥市は亡くなった妻以外に女を知らないのだ。華絵の体はいやらしいスタイルをしているだけではなく、妙にピチピチしていた。

若さとは、男にとってこんなにも魅力的なものなのかと驚いてしまう。ピチピチしているだけではなく、いい匂いがする。長い黒髪もつやつやと輝いて、キューティクルがすごい。

（アラフォーはやっぱり若いな……）

ハグをしている時間が経過すればするほど、華絵の若さが生々しく感じられてきて、おかしな気分になっていく。

（……まずい）

ブリーフの中のものが疼《うず》きはじめてしまい、背中に冷や汗が流れた。勃たない、と華絵に告げたのは嘘ではなく、もう何年も自分のイチモツが屹立したところなど見たことがない。とくにこのアパートに引っ越してきてからは一日中飲んでいるから、イチモツまですっかり酒浸りで、週刊誌のヌードグラビアに出くわしても、うんともすんとも反応しなかった。

しかし……。

今日は華絵が部屋にやってくることがわかっていたので、酒量を加減していた。朝眼を覚まして缶チューハイを開け、午後までダラダラ飲んでいるのはいつも通りでも、昼寝をし、銭湯に行けば、ある程度酒は抜ける。その後に赤ちょうちんでビールをうまく飲むためのルーティンだが、今日は風呂からあがるとまっすぐ家に帰ってきて華絵を待っていたのだ。

泥酔状態で客人を迎えるのは失礼だと思ってのことだが、おかげでイチモツまで酒浸りでビクともしないという状況ではなかった。いや、多少酒を抜いたくらいで還暦のジジイが勃起などするものかと思っていたのに、気がつけば痛いくらいに硬くなっていた。

「えっ……」

勃起に気づいた華絵が、気まずげに眼を泳がした。お互い下着姿で体を密着させているのだから、気づかれないわけがなかった。

「ちっ、違うんだっ……」

弥市はあわてて言い訳した。

「いっ、いままでは本当に勃たなかったんだ……でも今日は……はっ、華絵さんがあまりにも魅力的だから……」

「……嬉しい」

華絵は噛みしめるようにつぶやいた。弥市の言い訳の言葉を、褒め言葉として受けとってしまったようだった。

戸惑うばかりの弥市を尻目に、両手を背中にまわしてブラジャーのホックをはずした。ローズレッドのカップをめくり、たわわに実った双乳を露わにした。

（うわあっ……）

弥市は大きく眼を見開いた状態で固まった。ブラのカップから予想できた通り、華絵はかなりの巨乳だった。たっぷりと量感あふれるふたつの隆起が、いかにも柔らかそうに揺れながら真っ白く輝いている。

「触っても、いいですよ」

華絵に上眼遣いでささやかれ、弥市の呼吸はとまった。

「わたしも、触ってほしいから……」

手を取られ、乳房に導かれていく。小刻みに震える指先が、真っ白い隆起にプニッと押しつけられてしまう。

弥市はもう少しで叫び声をあげてしまうところだった。まるでなにかのスイッチを押したかのように、指先が乳房に触れた瞬間、頭の中に火がついたようになった。思考回路がショートし、ただ欲望だけが体を動かした。右手が豊満な乳房を裾野からすくいあげ、もみもみと指を動かしてしまう。

（いっ、いかんっ……いかんぞっ……）

してはならないことをしている自覚はあっても、手指の動きはとまらない。華絵の巨乳は、見た目以上に柔らかかった。いやらしいほど盛りあがっている隆起には指が簡単に沈みこむし、揉めば揉むほどしっとりした素肌が手のひらに吸いついてくる。すぐに揉むだけでは飽き足らなくなり、先端で物欲しげに尖っている乳首も、コチョコチョとくすぐってしまう。

「ああんっ……あああっ……」

眼の下を淫らに紅潮させた華絵が、恥ずかしそうに眼を閉じる。長い睫毛《まつげ》をふるふると震わせては、半開きの唇から艶めかしい吐息をもらす。

始まってしまった――弥市は自分の行ないに戦慄《せんりつ》していた。華絵にとっては、望むところの展開かもしれなかった。弥市は裸でハグしたところで、こうはならない自信があったのだが、気がつけば豊満な乳房を揉みしだくだけではなく、チュパチュパと音をたてて左右の乳首まで吸っていた。華絵の罠にまんまと嵌まってしまったようだった。

それが罠であったとしても、興奮に火がついてしまえば、簡単には引き返せないのが男という生き物だった。勃たないはずのイチモツが屹立し、ブリーフの中で悲鳴をあげていた。一刻も早く解放されたいと、涎じみた先走り液まで大量に噴きこぼしている。

「むぐっ！」

ブリーフに包まれたイチモツに触れられ、弥市は眼を白黒させた。華絵は強く握ってきたわけではなかった。むしろ、触るか触らないかのソフトタッチで、さわっ、さわっ、と撫でてきただけだったが、セックスから何年も離れて生きてきた弥市にとっては、身をよじらずにはいられない衝撃的な刺激だった。

5

それにしても――股間の刺激に悶絶しながら、弥市は思った。

華絵という女はいつもうつむきがちで、一緒に飲んでいてもしばらくは押し黙ったままなのに、この大胆さはいったいどういうわけなのか？

おそらく……。

彼女がもてあましていたのは淋しさではなく、欲求不満だったのだ。思いあたる節がないでもない。亡くなった妻もそうだったからである。

大学時代に出会い、処女と童貞で付き合いはじめたふたりだった。交際中も結婚してからも、若いころは弥市からばかり求めていたが、そういう衝動がいったん落ちつき、しばらくセックスレスのような状況が続いた三十代後半、突然彼女のほうから求められた。

弥市はびっくりしたが、妻の求めに応じられなくては男が廃ると自分を奮い立たせ、久しぶりに抱いた。乱れ方が全然変わっていたので、今度こそ本当に仰天させられた。

二十代のころは、とにかく恥ずかしがってばかりで、反応もあえぎ声も遠慮がちだったのに、三十代後半になるや獣のメスに豹変したのだ。中イキなんてしたことがなかったのに、突けば突くほど何度でもイクし、イキすぎて失神するように眠りに落ちるまで貪欲《どんよく》さが翳《かげ》ることはなく、正気を失ったようにオルガスムスを求めてきた。

妻の豹変に、弥市も燃えた。反応が悪い女を抱いているほど退屈なことはなく、女が燃えれば男も燃えるというセックスのセオリーを、あのとき初めて身に染みて実感させられた。

もちろん、容姿は二十代のころのほうがずっと可愛かったけれど、そんなことが少しも気にならないほど、熟女になった妻は抱き心地がよかった。

女のセックスは中年から始まる——男は十代半ばから性欲をもてあましているが、女がみずからの性欲を自覚し、その解消を切実に求めるようになるのは三十代半ばを過ぎてからだ、という雑誌のコラムを読んで、なるほどと膝を打ったものである。

つまり……。

華絵は昔日《せきじつ》の妻のように、欲求不満をもてあましているのだ。しかも、ちょうどそういうタイミングで夫に浮気をされたのだから、想像を絶するほどやりきれない気持ちだったに違いない。

ならば、隣人のよしみでひと肌脱がせてもらわなければならないだろう。勃たないと思っていたイチモツが痛いくらいに硬くなり、ズキズキと熱い脈動まで刻みはじめている以上、もはや逃げ道も言い訳もありはしない。

「くぅううっ……ぅんあっ！」

やわやわと乳房を揉みながら、唇を重ねた。彼女とした初めてのキスだったが、汁気が多かった。華絵はひどく興奮しているらしく、口内に大量の唾液が分泌されていた。ディープキスに移行すると舌が泳ぐほどであり、口を離せば糸を引いた唾液が常夜灯を浴びてキラリと光る。

「ぅんんっ……ぅんんーっ！」

チューッと舌を強く吸いたてれば、呼吸のできなくなった華絵の顔はみるみる真っ赤に染まっていった。淫らなキスで翻弄《ほんろう》しつつ、弥市の右手は乳房を離れ、下半身へと這っていった。

股間にぴっちりと食いこんだ、燃えるようなローズレッドのパンティ——その中に侵入していけば、柔らかな陰毛が指にからみついてきた。さらにその下へと指を這わせていくと、くにゃくにゃした花びらに触れることができた。発情の蜜をたっぷりと浴び、身震いを誘うほどエロティックな触り心地になっていた。

弥市はキスを中断し、息のかかる距離で華絵を見つめながら、指を動かしはじめた。まずは濡れた花びらをやさしく撫でまわし、指に蜜のヌメリを付着させる。そうしておいてから、割れ目をなぞりはじめる。中指を尺取虫《しゃくとりむし》のように動かして、下から上に、下から上に、花びらの合わせ目を……。

「ああああっ……あああっ……」

華絵が眼を見開き、いまにも感極まりそうな表情で見つめてくる。そそる表情だと、弥市は興奮した。視線と視線をぶつけあいながら、下から上に、下から上に、割れ目をなぞる。

華絵は呼吸もできずに身構えている。弥市の指先がいつクリトリスに到達するのか、期待と不安で黒い瞳が潤みきっていく。

「あぁううぅーっ！」

満を持してクリトリスに触れると、華絵は喉を突きだしてのけぞった。発情しきっているせいなのか、彼女の敏感な肉芽は豆粒大に肥大していて、いやらしいほど存在感があった。

弥市は決して強くは刺激せず、けれどもねちっこくクリトリスを撫《な》で転《ころ》がした。撫で転がすほどに華絵は激しく身をよじり、放たれる嬌声がどこまでも甲高くなっていく。

「ああっ、いやっ！　いやいやいやいやいやあああーっ！」

髪を振り乱して叫んでも、みずから両脚を大きく開いていくのだから、いやよいやよも好きのうちである。そのうち、ねちねち、ねちねち、とクリトリスを転がすリズムに合わせて、腰をくねらせ、股間を上下にしゃくりだした。

感度がよすぎる——と客観的に彼女を眺めることはできなかった。女があられもなく乱れていれば、そうさせている男もまた、正気を失いそうなほど興奮しているものだからだ。

花びらの合わせ目は驚くほどに濡れて、指がひらひらと泳ぐほどだった。指を入れようとした弥市は、思い直してぐっとこらえた。ここで肉穴に指を入れれば、それだけで絶頂に導けそうな手応えを感じたからだった。

どうせイカせるなら、指ではないもののほうがいい——弥市はワインレッドのパンティから右手を抜き、それを脱がせた。華絵を一糸《いっし》まとわぬ丸裸にし、自分もまたブリーフを脱ぎ捨てた。

「んんんっ……」

華絵がうめいたのは、弥市の意図が一瞬、わからなかったからだろう。弥市は彼女の体を反転させ、横向きの体勢で後ろから抱きしめた。

お互い性器を出した状態で、なるほどそれは不可解な動きかもしれなかった。しかしこれは、弥市が得意な体位に向けての助走だった。得意というか、加齢で体力が減退した老体でもこなしやすい体位、と言ったほうが正確だろうか。

「ああっ……」

バックハグの状態から、弥市は華絵の右脚を「く」の字に持ちあげた。そうしておいて、勃起した男根を後ろから入口にあてがう。いわゆるバック側位《そくい》である。若いころはどこがいいのかさっぱりわからなかったが、連打を放つスタミナがなくなってくると、これほど便利な体位はなかった。

「えっ？　ええっ？」

華絵が戸惑っているのは、この体位の経験がないからだろう。心配する必要はない。これは女に恥ずかしい格好をさせるアクロバティックな体位ではなく、目指すところは身も心も癒やしてくれるスローセックスなのである。

「んんんっ！」

ずぶりっ、と後ろから亀頭を埋めこむと、華絵の体がこわばった。右手で華絵の脚を持ちあげ、左手では彼女のデコルテあたりを抱えている。

ずぶずぶと入っていき、根元まで埋めこむと、

「あああっ……あああっ……」

華絵は身をよじってあえいだ。とはいえ、反応が控えめだった。想定外ではなかった。痛いくらいに勃起しているといっても、しょせんは還暦のペニス。女ざかりのアラフォーにして、欲求不満をもてあましている華絵には、いささか物足

りないだろうと思っていた。

だが……。

この体位が本領を発揮するのは、ここからだった。

弥市はまず、華絵の背中にできるだけ体を密着させ、結合を深めた。その状態で、腰を使いはじめる。男根を抜き差しするピストン運動ではなく、深く結合した状態でいちばん奥を押す。押して、押して、押しまくる。

ぐっ、ぐっ、ぐっ、と子宮を押しあげられた華絵は、

「あああっ……はぁあああっ……」

息をはずませてあえいだ。あえぎ声から戸惑いが伝わってきた。彼女はおそらく、連打を打ちこまれることを想定していたはずだった。しかし、弥市は打ちこまない。深く結合した状態で、ぐっ、ぐっ、ぐっ、と子宮をこすりあげる。コリコリした子宮が亀頭にあたっているのが、はっきりとわかる。

「あああっ……なっ、なんなんですか？」

華絵が首をひねり、振り返った。その顔は男に貫かれて紅潮しきっていたが、それ以上に動揺している。もちろん、感じているから動揺しているのである。自分の知らない方法で感じているから……。

弥市がこのやり方を発見したのは、五十代に差しかかったころだった。とくに体を鍛えているわけではないのでさすがに体力の衰えを自覚しなければならなかったが、夫婦生活を蔑《ないがし》ろにするわけにはいかなかった。五十路の声を聞き、妻はますます貪欲に肉の悦《よろこ》びをむさぼるようになっていたし、そんな妻を抱くのは弥市にとって人生最大の悦びだったからだ。

かといって、寄る年波には抗《あらが》えない。とくにバックから激しく突きあげるには、筋力やスタミナが不足していた。しかし妻は、前から結合するより後ろから結合するほうが感じる。お互いの性器の角度の関係だろう。バックからのほうが、いいところにあたるらしい。

そこで試してみたのが、バック側位だった。

女を四つん這いにしたバックスタイル、あるいは立ちバックよりも、男の動きは制限される。パンパンッ、パンパンッ、と尻を鳴らして連打を打ちこむことなどできない体位だったが、そのかわり密着感があった。女体を後ろからしっかりと抱きしめれば、正常位に勝るとも劣らないほど体と体を密着させられるし、そのうえ両手を自由に使うことができる。

「はっ、はぁううううーっ！」

華絵がのけぞり、獣じみた声を放った。

弥市の右手が結合部をまさぐり、敏感な肉芽を指で撫で転がしはじめたからだった。子宮をぐりぐりとこすりあげられながら、クリトリスをねちねちと刺激され、華絵はようやくこの体位の恐ろしさを理解しはじめた。

「ああっ、いやっ……なっ、なんなのっ……なんなんですかっ……」

華絵は歓喜の涙を流さんばかりに悶《もだ》えまくっているが、弥市はほとんど動いていない。腰は動かしているものの、亀頭で子宮をこすればいいわけだから、一センチやそこらで充分なのだ。

かわりに右手の中指を情熱的に躍らせる。興奮に肥大しきっている敏感な肉芽を、一定のリズムで執拗に撫で転がす。さらにはトドメとばかりに左手で、物欲しげに尖りきった乳首をつまんでやる。

「はっ、はぁうううううううーっ！」

女の急所を三点同時に責めたてられ、華絵は半狂乱であえぎにあえぐ。白い素肌がみるみる汗ばみ、生々しいピンク色に染まっていく。一方の弥市はたいして体力も使っていないので、まったく疲れない。ただ興奮だけが、全身の血液をぐらぐらと沸騰させていく。

「おっ、おかしくなるっ！　こっ、こんなのおかしくなっちゃいますぅーっ！　こんなの初めてええぇーっ！」

泣き叫ぶ華絵は、さながら蜘蛛《くも》の巣にかかった蝶々だった。ジタバタとあがいたところで、彼女に逃れる術はない。ただ追いこまれていく。子宮とクリトリスと乳首をしつこいまでに刺激され、絶頂へ飛翔する断崖へと……。

「ああっ、いやっ！　いやいやいやいやっ……」

華絵の体がガクガクと震えだした。

「イッ、イッちゃうっ……もうイッちゃうっ……イクイクイクイクッ……はっ、はぁあああああああーっ！」

ビクンッ、ビクンッ、と腰を跳ねあげて、華絵は絶頂に達した。その直前、弥市はクリトリスから手を離し、彼女の腰を抱いていた。左手も、乳首をつまむのをやめて彼女の上体をしっかりとホールドする。もちろん、結合がとけてしまわないようにするためである。

ただ、子宮だけは、ぐりっ、ぐりっ、と亀頭でこすりあげつづけた。ぶるぶるっ、ぶるぶるっ、と喜悦の痙攣を起こしている女体を強く引き寄せ、いままでよりさらに深く男根を埋めこむイメージで、執拗なまでに子宮を刺激する。

「ああっ、ダメッ！　もうイッてますっ！　もうイッてるからっ！　イッてるからあああああーっ！」

華絵がジタバタ暴れながら泣き叫ぶ。女が絶頂のあとに少しの休憩を必要とすることくらい、弥市だって知らないわけではなかった。イッた直後は性感帯が敏感すぎるほど敏感になっているので、気持ちがいいというよりくすぐったいらしい。

だが、子宮を刺激しての中イキでは、その限りではなかった。連続してイクことができるのだ。何度でも、何度でも……。

「ああっ、ダメですっ！　ダメですってばっ！　もうイッてるからっ……ああっ、ダメッ……ダメなのにイッちゃうっ……またイッちゃうっ……イクイクイクイクイクッ……はぁおおおおおおおーっ！」

獣じみた声をあげて、再びビクビクと腰を跳ねさせる。弓なりにのけぞっている華絵の体を、弥市は力の限り抱きしめた。華絵は自分で自分の体の動きを制御できなくなっていた。それゆえ、びっくりするほど強い力で腰を跳ねさせたり、のけぞったりするが、それを押さえこむ程度の力は、還暦の男にも残っていた。いや、あられもない華絵のイキッぷりに興奮しすぎて、思いきり抱きしめることが心地よくてしようがない。

「はっ、はぁうううううううーっ！」

あらためてクリトリスと乳首をいじりはじめると、華絵は悲鳴をあげた。背中から抱きしめているから、彼女の横顔は弥市の顔のすぐ近くにある。可愛い顔が限界を超えて紅潮し、汗にテラテラと濡れ光って、大粒の涙まで流している。もちろん、歓喜の涙である。

「そっ、それはダメッ！　それはダメですっ……そんなことしたらまたイッちゃうっ！　イッちゃう、イッちゃう、イッちゃううううーっ！」

泣き叫ぶ華絵は、まさか還暦の男に、ここまで翻弄されるとは思っていなかったのだろう。弥市にしても、想像以上の反応だった。熟れた体に欲求不満が溜まりすぎていたのか、あるいはよほど体の相性がいいのか、打てば響くように華絵は絶頂に駆けあがっていく。

しかも……。

華絵を連続絶頂に導いても、弥市の射精はまだ遠かった。もともと遅漏気味なのだが、華絵をイカせることに意識が集中しすぎて、自分の快楽が後まわしになっている。

「もっとイケばいい……」

ねちねちとクリトリスを撫で転がしながら、真っ赤に染まっている華絵の耳にささやいた。

「好きなだけイケばいい……お腹いっぱいになるまで……」

ぐりぐりっ、ぐりぐりっ、と子宮をこすりあげては、左手で乳首をいじりまわす。

「あああっ……はぁあああっ……はぁああああっ……」

華絵は身も世もないという風情で、きりきりと眉根を寄せていく。だが、表情はそうでも、みずから尻を押しつけてきている。少しでも深く男根を咥《くわ》えこもうという、いじらしくもいやらしすぎる振る舞いを見せる。

たまらなかった。

自分はもう、男として枯れてしまったと、弥市は思っていた。実際、十代や二十代のころのような、いても立ってもいられなくなるような性的衝動とは無縁になった。兎《と》にも角《かく》にも煮えたぎる精液を吐きだしたいという感覚は、二度と戻ってこないだろう。

それでも、華絵をイカせつづけていると、男が蘇ってくるようだった。自分が射精しなくても、彼女がイケばエクスタシーにも似た歓喜が全身を熱く焦《こ》がす。男としての満足感がある。

華絵をもっとイカせたかった。半狂乱になるまでイキまくらせて、熟れた体を慰めてやりたかった。

そのためなら、しばらく酒をやめて体力をつけ、より充実したセックスを目指すこともやぶさかではないと思った。そんな心境の変化に、弥市自身がいちばん驚いていた。

（この世で唯一の相棒とも、しばしの間、お別れだな……）

連続オルガスムスに暴れる華絵を後ろから抱きしめながら、弥市は胸底《むなそこ》でつぶやいた。妻を亡くして以来、久しぶりに生きている実感を嚙みしめていた。まだまだ元気で生きていたい、と思った。

※この作品は2023年1月から「日刊ゲンダイ」にて連載されたものに加筆修正した文庫オリジナル小説で、完全なフィクションです。

双葉文庫

く-12-68

熟《う》れオトメ

2023年11月18日　第1刷発行

【著者】
草凪優《くさなぎゆう》

【発行者】
箕浦克史
【発行所】
株式会社双葉社
〒162-8540 東京都新宿区東五軒町3番28号
［電話］03-5261-4818(営業部)　03-5261-4833(編集部)
www.futabasha.co.jp(双葉社の書籍・コミックが買えます)
【印刷所】
中央精版印刷株式会社
【製本所】
中央精版印刷株式会社

【フォーマット・デザイン】
日下潤一

ISBN978-4-575-52711-7 C0193
Printed in Japan

草凪優
未亡人は、雪の夜に
書き下ろし長編
性春エロス

恋人でもない未亡人の女性川原真千子と、急遽駆け落ちすることになった真鍋倫太郎。雪がそぼ降る古民家での、妖しい同居生活が始まる。

草凪優
隣のフレッシュＯＬ
オリジナル連作
性春エロス

真新しいスーツに身を包み弾けるような笑顔を振りまくフレッシュＯＬと、その姿に魅せられた男たちが織りなす、極上の連作性春エロス。

草凪優
最高の愛人
オリジナル連作
性春エロス

人生に彩りを添える最高の愛人とは——。美熟女から元カノまで、男の夢を叶える彼女たちが紡ぎだす、至高のエロティック・ストーリー。

草凪優
帯をといたら
書き下ろし長編
性春エロス

成人式間近の若い恋人を持つ四十歳の岡本幹夫はバーで知り合った美熟女と一夜を過ごしてしまい、思わぬ頼みごとを受けることになる。

草凪優
奇跡の美熟女
オリジナル連作
性春エロス

熟れた肢体から漂う色香と、肉の悦びを知り尽くした淫らな痴態で男を魅了する、色とりどりの奇跡の美熟女たちが繰り広げる悦楽の物語。

草凪優
そして全員寝取られた
書き下ろし長編
性春エロス

隣室に越してきた夫婦。その妻はかつて憧れた女上司だった。隣で繰り広げられる痴態に心を乱す男に、さらなる嫉妬の地獄が待ち受ける。

草凪優
極上の妻《おんな》たち
オリジナル
官能短編集

うら若き新妻から清楚なセレブ妻、幸薄そうなシングルマザーまで、いずれ劣らぬ美しき人妻たちとの至高の情事を描く珠玉の五編を収録。

草凪優　**桃尻プリン**

オリジナル長編
フェチック・エロス

深夜のオフィスビルで作業に勤しむ尻好き清掃員と、魅惑のヒップを持つ美人女子社員たちが繰り広げる、究極のフェチック・エロス。

草凪優　**ツンデレ上司とおねだり兄嫁**

書き下ろし長編
性春エロス

出張先のホテルで抱いてしまったことで美人上司と付き合うことになった二十九歳の貴明。だが彼には、兄嫁との間にある秘密があって。

草凪優　**うぶ熟女**

書き下ろし長編
性春エロス

愛妻を亡くして二十五年、五十路セカンド童貞の田中誠一郎は、両思いのうぶ熟女と結ばれるべく、セックス勘を取り戻そうと奮闘する。

草凪優　**人妻の達人**

オリジナル長編
性春エロス

この世で一番エロいのは、人妻という生き物だ――。人妻しか愛せない二十八歳の男とエロすぎる人妻たちが繰り広げる究極の性春エロス。

草凪優　**大学生からヤリ直し**

書き下ろし長編
あのコとヤレた
世界線エロス

頭の中は35歳のままで14年前の大学時代にタイムリープ！　今度の人生こそ、憧れの存在だった夕希とヤリたい！　性春ヤリ直しエロス。

草凪優　**人妻相談室**

相談にも体にも乗る
オリジナル長編エロス

あるラブホテルに美人妻たちが見知らぬ男どもの性の相談に乗ってくれる一室がある。流れによってはそのまま実践練習に突入するらしい！

草凪優　**人妻になりたい！**

おじさんが急に
モテまくる長編エロス

結婚して子供が生まれれば一千万円支給という法律が施行され、急にオジサンたちもモテ始めた。高嶺の花の美女たちと次々ベッドイン！